濃霧特報

楊莉敏

目次

輯五：害怕黑暗

撥去濃霧的勇敢之書

郝譽翔

已經很久沒有讀到如此撞擊入心的散文了，黑色的文字線條，彷彿是一筆一畫沉沉地切割入白色的紙面，也直切進人的心坎底，那般的大汗淋漓，痛，以及暢快。

書名取為「濃霧特報」，讓人誤以為內容會是和自然生態，或是地球暖化氣象之類的有關，但根本不是，每一篇其實都環繞著最親近的人與事，例如家人，或是男友，乃至於日常生活飲食，或是職場工作。然而這一切始終籠罩在陰霾之下，濃霧不散，若是借用作者自己的話來說，那便是：「時而清醒，時而恍惚，吃東西宛如一場豪賭，不知下一秒會帶來怎樣的人生，極少有天堂，大部分是地獄。」

換言之，閱讀《濃霧特報》，就彷彿是在穿越一場濃霧瀰漫的生之地獄，令人啞口無言的震撼之旅。雖是如此，作者的直言坦率，卻又讓人不禁打從心底湧起了一股釋懷，那便是終於有人敢大膽地說出真相了：這人生，果然是極少有天堂，而大部分是地獄。

如此一來，佛家說的「一切有為法，如夢幻泡影」，並不是在哀悼人生短暫，聚散無常，以及美的轉眼即逝，反倒是在驚駭人生之惡，而當惡到不可思議的極致之時，反倒轉成了一齣令人不知該哭還是該笑，如夢似幻又光怪陸離的，荒謬劇。

我喜歡〈大滅絕〉中的楊氏家族書寫，一直上溯到平埔族母系社會，而那一座充滿喜悅、好生、樂天與和平的烏托邦天堂，如今早已隨著平埔族的消失而無影無蹤，家族的成員更瓦解崩落，淪為一座座沉默的孤島，彼此互不往來，生機滅絕。這儼然是一則台灣島嶼上的百年孤寂寓言，由羊癲瘋患者、豢養暴躁猴子或滿牆昆蟲標本的詭異人家，以及在路上遊蕩的瘋女，和喝酒成癮的浪蕩子所組成，瘋狂的基因依然在家族的血脈之中繁衍，增生，而人們從小就殘殺成癮，只因這已演化成為一種根深柢固的本能，只管盡情奪取這世上一切所能奪取的東西。

我也喜歡〈惡意〉寫婦人抓住青蛙後腿，興奮的咯咯直笑，對他人之痛苦，乃至自己的暴力與殘忍毫無知覺，而這樣毫不掩飾而赤裸裸的惡意，幾乎遍布了我們所生存的空間，讓人已經失去了憤怒的力量，只剩下一股冰涼的寒意，冷到骨髓裡。於是《濃霧特報》就這樣打造出一個「潮濕陰暗，幾近崩塌的世界」，真實到令人怵目驚心，而當人與人之間的日常對話都無以為繼時，語言究竟還有什麼效力？而文學呢？不更是一座以話語所編織而成的迷宮，甚至一場華麗又徒勞的紙上展演，而如此精神的自欺與自慰，又果真能夠救贖一顆已然麻木的冬之心靈？還是只能換取來沉沉的疲憊？

對於文學，我向來就不樂觀，更不天真，因為文字的意義只向自己展現，無須去說服別人，那全是白費氣力。《濃霧特報》亦然，楊莉敏誠實到教人心驚，她像是一個大喊國王根本沒有穿新衣的孩子，總是斬釘截鐵而無須迂迴。她寫自己在夢中對父親大喊：「你為什麼還不去死？」而這句話不也彷彿是一道回音，狠狠地朝向自己反擊？但死又如何呢，死已經不是答案了，因為生命已成封閉的迴圈，連死都失去了召喚的魔力，只能以一個「乖孩子」的靜默姿態，日復一日，平和安順地過下去而已。而這不也正是我們多數人所切身感受到，陷入其中而默默承受著，卻沒有勇氣說出口的人生真相嗎？

《濃霧特報》全書以父親起始，又以父親患癌症過世結尾，因此父親成了貫穿全書的核心主軸，也是成人惡之世界的隱喻，一切暴力和恐懼的最初起源。通過雄性的父親，一個孩子才開始「明白了恨」，並且「藉此抵抗父親未能符合該有樣貌的種種失落與失能」，進而學會了築成一種「侵略性的黑暗」，讓它強大到足以吞噬所有，才終究得以長大成人：成為一個「不會感到疼痛」更「不會害怕」的人。

我以為《濃霧特報》說出了成長的殘酷，而在這過程之中，一個孩子必然經歷了某種抵抗的過程，被剝奪，乃至戰鬥。就像楊莉敏獲得林榮三文學獎散文首獎的〈不散〉，也同樣是在勾勒一個瘋的瘋、死的死，鬼影幢幢的世界，也同樣被困在濃霧瀰漫的生之牢籠，而一個「不受寵愛」的「乖孩子」，「是不會平白無故就有糖可吃的，必須努力取得成績來討人歡心才行。但那麼世故，真令人厭煩。」這一段話簡直像是出於張愛玲之口，一襲華美的生命之袍，即使爬滿了噁心的蚤子，但仍承認生命是華美的，其情可憫，一如《濃霧特報》中的孩子，在世故的面具底下，躲藏的是一顆天真、易感又良善的童稚心靈，對周遭的人世，總抱持「如得其情，哀矜而勿喜」的悲憫。

也因此《濃霧特報》若非出之於一種毫不自欺、更不偽善的勇氣，又何以能夠以如此簡潔有力的文字，彷彿匕首一般，去逼視惡的存在？又如何能夠生出一股源自黑暗的力量，去抵抗撒旦所鋪天蓋地散播而下的詛咒？《濃霧特報》雖寫疏離，寫死亡，寫黑暗，寫惡，但其實卻是一本心痛之書，柔軟之書，溫暖之書，即使濃霧瀰漫，卻又曖曖內含光，而那才是文學真正打動人們心靈的所在。

＊郝譽翔，台灣大學中文博士，現任國立台北教育大學語文創作系教授。著有小說《幽冥物語》、《那年夏天最寧靜的海》、《逆旅》；散文《回來以後》、《溫泉洗去我們的憂傷》等。曾獲金鼎獎、時報開卷年度好書獎、聯合文學小說新人獎、時報文學獎、台北文學獎、新聞局優良電影劇本獎。

霧濃重而成為霾

言叔夏

讀楊莉敏的《濃霧特報》，常讓我想起剛搬到這座中部城市的時光。那是在春冬之交，沿一條中港路離開城市，翻過坪頂山頭。擋風玻璃前開展的，是一條大路滑向海線的斜坡。龍井、大肚、沙鹿、清水……這些寡淡的地名蒙著一層灰，沿坡面散落排開，名字摸起來竟是有顆粒感的。一如眼前的地平線，分不清究竟是季節交替的濃霧，還是其實是PM2.5的煙霾，遮蔽了去路。在那些鄉界與鄉界的邊陲，兩旁的地景不知何時被悄悄置換成低矮的透天厝、檳榔攤、鄉間小吃部。天黑以後，偶爾會在一條寬如險峻河床的大路，砂石車與聯結車的短兵相接裡，驚險地遇見一台車廂過於光亮的BRT。偌大的兩節式車廂，空蕩而困惑地，疾馳向更深的夜裡。多年前剛到東海的一門課上，曾鼓勵學生多多利用此城公車十公里免費的優惠，畢竟創作課坐在教室裡是如此無聊；「不如你們蹺課搭車去看海？」這話真是講得太過自信浪漫了。期末有人回報他果真蹺課搭上那班駛往台中港的公車：「根本沒有海。到處都是砂石車，風還超大，我眼睛嘴巴都是沙子。」

那或許是《濃霧特報》裡的一則具象的隱喻。文學研究所畢業的青年返鄉工作，等在前頭的，不是被抒情濾鏡美化過的海，而是飛沙走石式的鄉間圖景。昔日學院裡奉之如神靈的文學，畢業以後回到老家，竟成為她日日辦公的一座文創園區。在那溢出了「台中」這個詞彙的遙遠的海線邊陲，荒地與大路彼此吞沒，顯得再無去路。書裡的場景遂化成一種超現實主義式的變形，而鄉土空間的畸零邊界，則顯得陰翳：死巷底塌了又修的土角牆。水泥凹陷破洞的廚房地板。代稱為「前頭」的神明廳……這樣一座修葺縫補的平房屋子充滿一種錯置與拼接，從而曝現了那些從「我」之處所輻射四散的感官網絡，其實早已堅硬地斷裂，裸露出裂縫的紋理。她寫幼時父親兩次棄狗，第一次丟棄不成，隔了一年，狗又回來；第二次丟棄，狗已經死了。「為了這個身體哭過的父親，選擇把牠裝在紙箱，載去那個曾經把牠丟掉的地方，偷偷找了塊空地，挖個洞，連同紙箱一起掩埋起來。」在同一個地點將同一個身體丟棄過兩次的父親，那哭泣，究竟意味著什麼呢？而這樣為那一個身體哭過的父親，死在布滿破洞的廚房地板時，「由於太胖了，沒人搬得動。」只能一直被放在那裡，和廚房裡的許多垃圾什物放置在一起；這是這本書裡難得霧散的晴朗場景之一。作者說：「天氣這麼好，父親卻死了。」四周的景物輪廓遂清晰起來。旁觀的作者在死亡事件的外圍逡巡，掉落出來；「我只是想活著，而且不必活得太辛苦。」

這些像是壞掉娃娃搬演的家庭劇場，不知為什麼，對我來說竟充滿強烈的既視感。那或許是同樣來自中南部一邊陲偏鄉的背景，深諳從那些鄉間的畸零破洞出發，如果想要獲得幸福，這條「幸福路上」所需具備的技能，往往不是增加什麼，而是拋擲。丟掉床板、家屋、相簿；丟掉名字、父母；丟掉字，這些情感的負累與記憶，一不小心就會在光天化日下站立起來變成異物。世界是野獸的。如同進食與吞噬是一體兩面的，她的胃病與厭食，是被噬者從吃與被吃的循環迴路裡脫落出來的，一種安靜的承受與抵抗。

如此影像式的，不同於散文寫作的主流慣性，個人的獨白常開出一片意義的流域，有始有終；《濃霧特報》更像是一捲畫片，嚴厲而尖銳地割礪出風景與故事的線條。讀者若想從這部錄記著生活的重複、家族的破敗，以及一代文藝青年無出路感的文集中找到慰藉，恐不容易。但或許正是這種殘忍而決絕的手勢，我們得以在作者招來的一片大霧之中，辨認出事物邊界的輪廓，與前進的道路指引。獨屬於她的「看太陽的方式」。

據說分辨霧與霾的方法之一，關鍵正是「太陽」。真正的霧會在日出之前就隨陽光散去。反之如果太陽出來後，整個白日仍一徑地霧濛地白，那就是霾。霾是那髒汙殘酷的現實介入抒情迷霧後的一種超現實變體。這使得這本書在書寫的光譜上，是如此地接近卡夫卡或布魯曼・舒茲（在台灣，那或許是同樣來自西部海線鄉間的七等生——）。尤其是後者。它常使我想起那間沙漏底下被扭曲變形的鄉間療養院，住著父親死後不停播放佛音的母親，把昆蟲釘在地板不斷肢解的哥哥，還有「我」；「我」在白日的官僚體系裡，猶如迷宮中的彈珠不斷迴繞，找不到迷宮的出口與盡頭。而「父親」呢？「父親」的身體一直放在廚房，隨著平房老屋底下不斷流失的沙，一年比一年下陷，終於被地板吞噬進裂縫。

大地有縫，填補以安插在其上的房舍與木麻黃林，掩飾著縫存在的現實。生活是補釘的野獸。但《濃霧特報》使我們看到，那些匍匐凹折的變形姿勢，其實是一種生存的掙扎，一種想活下去的渴望，因此，也就有了一種前進的可能。祝福莉敏與她的寫作。有朝一日，那些寫在沙上的字，也能反過來將豢養成一種動物，而且是可愛動物。

*言叔夏。政治大學台灣文學研究所博士。現為東海大學中文系副教授。著有散文集《白馬走過天亮》、《沒有的生活》。

輯一：身體

身體

幼時家中曾養了隻黑嘴狗，喜吠。於是某日，父親就騎著摩托車把牠載去台中港丟掉。

家裡並無圍牆與大門，那個年代，鄉下地方多有流浪狗自由來去，餵著餵著便留了下來，印象中，這樣的狗有過好幾隻。黑嘴狗是唯一養得久的，但不知為何，有天大人們嫌牠亂吠，特地拿了個紙箱裝著，將牠載去靠海的地方遺棄，說是那裡有魚市場，餓不死。印象中，對於黑嘴狗被丟掉了這件事，當時的我似乎沒怎麼難過，也從未表示過意見，只是覺得，又有一隻狗消失了如此而已。

大約過了一年，有次父親從台中港回來，摩托車的踏板上竟載著那隻黑嘴狗，父親說他在路上遇到那狗，牠認出父親，高興地跳上摩托車，於是便又把牠載回來了。也是緣分，遂又養著，但緣分並沒有持續太久。

那日我好像在罰跪。因為天冷，我與幾個年紀相仿的孩子待在曾祖母的老屋裡玩仙女棒，燒壞了一些東西，結果被叫去神明廳罰跪。跪沒多久，父親走了進來，哭著對我說不用跪了，小黑死了。父親看起來很傷心，我有點驚訝，不知道該怎麼反應，只好跟著父親去到黑嘴狗躺著的地方。

但牠看起來像是睡著了而已，靜靜地躺在家屋的一處。牠的周身乾淨，沒有掙扎過的痕跡，唯一感到異樣的，就是牠的舌頭吐了出來，小小粉色的一片，牠平常不會那樣。原來這就是死亡，就是舌頭吐了出來躺在那裡，然後變成一個身體。

習於配合周遭察言觀色的我，大概有約略哭了一下，接著，大人們就開始討論起要如何處理這個身體。靠海的小鎮地區喜植木麻黃，以前要走去公所的一小段路上就種了一整排，每當經過時，總會聞到屍臭的異味，抬頭一看，總有貓屍吊在樹上，因為都說貓死吊樹頭，狗死要放水流，於是各式各樣的身體時常出現在樹林裡與田邊小溝，被丟掉以及逐漸腐爛。

大家猜測，黑嘴狗是被毒死的，死得不好，應當要放水流。然而，為了這個身體哭過的父親，選擇把牠裝在紙箱，載去那個曾經把牠丟掉的地方，偷偷找了塊空地，挖個洞，連同紙箱一起掩埋起來，許是又哭了吧，父親。我只是疑惑，像那樣吹著風、載著身體，在海邊晃晃蕩蕩，找到第一次把牠丟掉的地方，然後再次丟掉，並且只要哭一哭，好像就不是丟掉了。

於是自此之後的日子我都會想，父親最後丟掉的只是一個身體，不是黑嘴狗。我感覺如果不這麼想，終有一天我也會把自己丟掉，就像那天父親在海邊丟掉一個身體那樣，丟掉。

無邪

連日多雨，終於暫歇，但天空始終陰霾，未見放晴跡象。清早出門時，地上幾處散布著大蝸牛，有的已被車輪碾碎，母親便抱怨不知該如何清理這些蝸牛，包括那些碎屑屍體。我繞過那些緩緩爬行的大小蝸牛，步行上班，也不知是死是活。

屋前的土塊厝為以前曾祖母所居，因今年雨日多，遂於某日早晨突然屋頂崩坍，土塊殘瓦擋住了大半去路，父親有些苦惱，不敢自己做決定，打了電話問算是有在管事的堂兄弟，等了半天也沒表示什麼，我們只好自己花錢請了工人清運。四面土牆依然矗立，但屋瓦橫木全被拆空，像個四方形的中空水泥盆器，沒有蓋子，承接雨天炎天。土塊厝連著一棟磚造平房，平房的正中間在兒時記憶裡是神明廳，供奉一些神明雕像與祖先牌位，黑木雙扇門時常敞開，自然成了孩子們的遊戲場。

那平房，我們總稱為「前頭」，視為家的部分延伸。印象中，老哥總是在前頭的神明廳裡肢解昆蟲的身體，他會將昆蟲的翅膀用圖釘固定在地上，然後開始一隻一隻慢慢拆卸昆蟲的腳，但我不太記得他最後是如何結束昆蟲的生命的，或許早在這樣拆解的過程中昆蟲就已慢慢衰弱而死，他拆完後，發現昆蟲也死了，就把牠隨處一扔了事。可每當想起這事，關於細節我總不太確定，例如地板是硬質的水泥地，圖釘針頭那麼短，要如何能釘牢在地面呢？因著細節的不明確，連帶對整件事的記憶都產生了動搖，懷疑其實根本沒有這件事，是我自己在歲月進程的某個節點想岔了，生出了一些想像，遂把那想像的情節一想再想，終致將想像填進記憶，當作真實，不斷不斷重複回憶。

就像偶爾，想起小時候與父親相處的某些片段，都不免有些疑惑。這些碎屑記憶中的我通常是在學齡前、尚未開始識字讀書的階段，據稱，當時是與父親感情最好的孩子，因此他經常載著我到處跑。年輕時的父親，不喜在家，時常騎著車去到一些奇怪的地方遊蕩，我就記得，父親曾載著我與母親，一同出現在一條山坡小路裡。那看起來是條淺山泥路，路的樣子顯得陌生，不似經常出入的地段，路面窄仄，只容得下一輛摩托車奔馳，父親載著我們往山頭的方向前進，路兩旁的野草看起來略顯枯黃，應是早秋時節，風吹起來都是草動的聲音。但很奇怪，整條路上似是只有我們，與散落在草叢間的零星墓碑及墳塚，父親說著要帶我們去找一位有通靈神通的朋友，可以知曉未來之事，包含明牌號碼。

可我總看不到結局，最後我們抵達目的地了嗎？是否見到那位擁有神通的人士了？這最後的一切，彷彿從我的記憶裡被整段切除，毫無印象，再也想不起來。

取而代之，有另一段往事總會跟早秋的淺山小路一同被憶起。同樣是學齡前，某日，父親拗不過我，載著我去往他工作的工地。半路上，父親折進一家雜貨店買了盒糖果，希望我就此滿足，不再堅持要跟著他去工地，但是失敗了，我仍然要去，最後，我們抵達了那裡。但父親沒有開始工作，而是領我到蓋至一半的房子內部繞了繞後，又將我放回摩托車座位，準備載我回家。

這時突然出現了一個人，對著我笑。我感到有些怪異，心底不由得焦慮起來，希望父親趕快帶我離開，但父親又再次背棄了我的所願，只顧著跟其他工人談話，沒有要發動摩托車的意思。我的眼神始終避免與那人的形體接觸，獨自祈禱不要靠近我，莫名的恐懼將我圈圍，使人目盲，令人心發狂，而暗暗認定絕非善類。也不知過了多久，終於，父親低下頭看了我一眼，我好開心，指了指眼前枝頭上的花想問那是什麼，但不等父親回應，那人即迅速攀上圍牆、將樹枝折斷，遞至面前，示意我收下。見我毫無動作，許是急了，他便張開了嘴，「喔！啊！」地喊叫起來，並且意義不明地擺動四肢，好似一種善意。

然而，我只是非常執著地繼續討取不怎麼在意自己的父親的注目，並對那不明的善意，恐懼得幾乎哭出聲來。

吞噬

三十歲過後，我幾乎不曾感受過餓感。一早醒來，通常需要洗頭洗臉，才有辦法從沉重的疲憊中擠出一點清醒的動力，整頓打理自己，泡一杯咖啡喝下，出門走路上班，然後直至中午，都不會再吃東西。

隨著年紀漸長，身體的代謝日趨緩慢，食物一旦吃下，累積在胃裡的時間也隨之變長，一灘被酸水腐敗的食物久久化不去，放在胃裡，徒增不適與困擾，遂變得越來越懶得吃東西。去中醫診所拿藥也成為日常的例行事項，幾乎每週去一次，抵達的方式偶爾搭公車，有時則自己騎車，端看當時的心情與天氣狀況。

雖說時常去看，但中醫師卻從來沒有建議我去醫院做檢查，每週去到那裡，把把脈，詢問之前開的藥服了可有效用？我總回答：「有吃就有效，但沒吃藥就又開始不舒服」，千篇一律，最後醫師會叮囑不要吃水果及辣的食物，多喝水，餓了再吃東西，不餓其實不需要吃。回程時，可能順路買附近麵包店的吐司，或是到超市採購日常用品，以此結束看病行程。

在家中，母親似乎經常擔心吃食甚少的女兒，不懂為何都吃得那麼少了，胃還會不舒服？想勸女兒多吃，怕消化不良，女兒吃得少，又憂慮營養不夠，怎樣都不對。工作場合，因為薄弱的身形及老是精神不濟的死人樣，偶爾也會被同事真心勸告：「妳太瘦了，真的要多吃一點。」

所以，我需要每週前去告解，告解己胃對於食物的種種浪費，然後可以聽到有人對我說：不餓的時候，其實不用吃東西。這無疑是一種關乎進食焦慮的短暫解脫，有了一個理由，拒絕那些勸吃的種種說詞，理直氣壯地說：「我不餓，所以我不吃。」

小學到國中，我所讀過的學校並沒有自己的廚房，午餐都是訂便當或合菜，老師與班上同學大家一起坐在教室吃。現在回想起來，一整日的上學時間安排得十分奇怪，七點到學校早自習，一路上課到十二點，吃飯半小時，十二點半準時一定要趴在桌上睡覺，睡到一點起來又繼續上課，最後打掃完畢才能回家，這之間幾乎沒有可以獨處的時間，被迫什麼事都得一起集體行動，簡直是監獄。

而中午的吃飯時間是我壓力的主要來源。剛上小學時，常對於中午便當的分量震驚不已，不懂一個那麼大的便當要如何吃完？又要如何在短短的半小時內吃完它，且又喝湯、喝飲料？然而，更令人驚訝的是，周遭的同學皆無事般紛紛吃完，優雅地喝湯喝飲料結束後，我面前的便當盒大概才吃掉四分之一，就已經是該午睡的時間了。所以老師總怒目，看見全班都趴著睡覺的場景裡，唯獨我一人還在吃著那彷彿永遠也吃不完的便當時，便會不耐煩地要我別吃了，拿去倒掉，並且快快午睡。那是人生第一次深刻感到自己與同儕的距離，原來如此巨大，我甚至過於專注吃自己的便當，以致沒有餘力去觀摩別人是如何進食的。

上了國中後就好點，因為是合菜形式，大家拿著空的紙盒排隊打菜，分量是可以調整的，我終於不用再面臨浪費食物的指責與罪惡感，東西就讓吃得多的人去吃，皆大歡喜。高中時代則更加自由，導師不再坐在教室裡與大家一起吃飯，沒人監視之後，午餐的多樣性即豐富起來，有人早上自己做便當帶來，有人叫學校附近的店家外送，也有人去福利社買個麵包就當作一餐，我則是買麵包一族，偶爾也會跟同學合訂一個便當，一人一半，不會過飽，午餐時間變得輕鬆起來，猶如跟朋友吃飯的場合，邊吃邊聊，午休也不一定要睡覺，可以自在做自己的事。許是如此，高中時期是我人生中較常感到飢餓的階段，臨近放學時間，胃總是頗準時地飢餓起來，於是母親來接我回家時，時常順路買個小籠包回去，當晚飯前的點心。

如今想來，那是一段難能可貴的時光，身體可以清空，吃下東西，再消化，再吃，形成一種欲望的循環。總覺得要如此，人生才會有足夠的量能，朝一條較為筆直的道路前進，而不是只有吞噬、咀嚼，淪為機械的動作，不知為何而吃，換來的只有阻塞與不適，與食物彼此相憎。

過了發育期，就很難在平常的日子裡覺得肚餓了，吃進一點點東西，胃以極緩慢的速度進行消化，食物的體積與重量壓在身上，要跟著我一整日。工作變繁忙之後，胃幾乎抗拒著任何食物，只要進入到胃裡，不僅消化不了，還會化身成一股酸脹感，噁心欲嘔，不停地打嗝，連帶肩頸僵硬，頭暈眼黑，視線逐漸模糊，坐在位子上都不舒服到快要暈倒的地步，只好趕緊請假回家休息。

母親遂陪我去醫院做檢查，照了胃鏡，說是慢性發炎而已，照例拿了胃藥，回家慢慢吃。胃的存在感過於龐大，生存於世，拖著胃過活，實在感到疲倦不已，忍不住在辦公室印東西時，站在影印機前，邊打嗝邊哭了起來，哭完再回到座位上繼續工作，繼續消化胃裡的食物。

最後就變成，只吃一點點東西維生，或是吃進想吃的，再耗費整日的時間胃脹與消化，只有這兩種都不怎麼樣的生存狀態。人生至此，實在無趣至極，鎮日徘徊於胃的沉重與不適感，時而清醒，時而恍惚，吃東西宛如一場豪賭，不知下一秒會帶來怎樣的人生，極少有天堂，大部分是地獄。

於是我開始看起影音平台上的美食影片，美食縱然吸引人，然而真正想看的無非是看人吃東西。自己不能吃，所以看別人吞嚥食物，有種替代的滿足，不用承擔吃進去後的苦果，看著別人吃得美味，就當作自己也同樣吃了，有種神遊的快樂，尤其看到別人吃很多東西時，更是難以言喻的療癒，彷彿這些年無法盡情吃的空白歲月都被補償了般，是遲到的飽足。

胃部主宰了人生，重重影響著日常的生活，吃食作為一種情感的交流與應酬，我幾乎是不及格的。工作場合聚餐，我總吃了前三道菜就放下碗筷，然後一路發呆到聚餐結束，這不吃、那不吃，非常難勸，在辦公室裡同事分享著買來的零食，也是一律拒絕：「我不要吃」，毫不給人面子，著實令人討厭，然而，我已決心不再妥協於任何情境中的飲食勸進，不餓就不吃，以此保全自己。

有時不免覺得，終究構成我的，是吃藥與不適的種種經歷，讓我長成如今的模樣，如此的身體狀態。

一次在電視上看到，《夏目友人帳》裡，有一集夏目拜訪了兒時曾收留過自己的人家，在那裡遇見了一個可以吞噬掉不好記憶的妖怪，但夏目最後還是選擇保有那些悲傷的回憶，因為無論好的壞的，都是自己的一部分，無法割捨，是溫暖又傷感的故事。胃的種種，其實不是什麼嚴重的問題，也跟故事沉重的氛圍毫不相干，然而可能長久以來與胃的奮鬥過於孤獨而疲累，我看完竟哭了起來，希望能有妖怪可以吃掉我的胃，讓我不再受此痛苦與折磨。

但那樣就過於自憐了，哭完之後，胃還是沒有比較舒服，我只能務實地與男友一起去走步道，走過長長的坡道與階梯，藉此運動自身，讓胃部消化、淨空，期許一點點餓感能再次降臨。

走完一趟後，有時終於餓了，但多數時候還是無法飢餓，無論如何，只能以此方式，尋找可以前進的路徑，與願意陪伴自己的人試著往前，走路說話，根據身體狀態選擇繼續前進或原路折返，最後可以一起走下山，選間小店對坐，挑選能吃的菜色，一起分享，一起好好吃頓飯，如此簡單而已。

長角的人

午後一點的公車通常沒什麼乘客，多半是老人，往往彼此認識，上車後會互相打招呼。人不多，大家都還是有位子坐的狀態，我拿著會議便當坐在靠窗的位置，陽光卻直曬，我擔心便當會臭掉，卻也無法換到有陰影的那邊，剛好都被坐滿了，整輛車暖烘烘的，有種窒息的風情，乘客細小的交談聲讓空氣更顯沉悶，加上便當又沒有塑膠袋裝，只能用手一路拿著，神經緊繃，深怕便當的油漬會沾染到褲子，回家還得洗它。

可能是煩躁著這些無聊小事，又還沒吃飯，頭便開始發昏，有點暈車的狀態，只能祈禱這一小時的車程快點過去。頭腦發脹得快閉上眼睛時，突然有個聲音，突兀地開始念起每個到站的站名，以及預報下一站，就跟公車時常播放的預錄內容一樣，但卻是真人發出的聲音。起初還不太確定聲音從何而來，過了幾站後，才發現前頭司機旁邊的位子坐著一位男子，準確地大聲背誦站名，並且在車輛行進間也會一直重複下一站到站的站名，且往往是搶在預錄系統播報前就先念出，於是整車都迴繞著預錄系統與真人交雜的播報聲音。

車上挺安靜，也無人出聲制止，看來那位似乎是常客，就這麼一路播報下去，雖然有些被干擾，但突兀的播報聲倒是讓我從昏睡狀態裡清醒過來，好好守護著便當一路坐到終點站。下車時，我看了一下聲音的來源，他仍安坐在位子裡，沒有要起身下車的意思，司機也沒有催促他下車，他看起來那麼正常，彷彿懂得在該安靜的時刻不發出一點聲音，但車上已經沒有其他人在了。

回到辦公室後，我打開電腦查看信件邊吃便當，通常過了午休時間，為了避免食物的味道影響到其他正在辦公的同事，若有用餐需求，有些人會選擇到茶水間吃飯，但我通常不這麼做，總覺得獨自坐在茶水間裡吃東西，不免會被進出的人看到吃飯的模樣，像是被關在籠子裡給人觀賞一般令人不適，所以我寧願坐在自己的位子，面對電腦咀嚼食物比較能夠消化。

工作的地方是對外開放的公共場所，有戶外庭園造景及室內的展覽空間，雖然有區分行政區與參觀區，但其實整個園區並無管制，民眾可以走到任何一個地方，以致辦公室外常有人會探頭觀看，好奇裡頭的人在做些什麼，或是迷了路，在行政區繞不出去，找不到前往參觀的方向。仔細一想，這是頗為奇特的空間，並不為了誰特別區隔或劃分，員工要上廁所，一樣得走遠路，經過長長的走廊，去到參觀區裡的廁所去使用，若是碰上遊覽團客，也只能跟著排隊等上廁所。

於是偶爾會想，就算有人偷偷潛入，去到一個人跡罕至的角落死去，應該也不算太意外。然而，過於憂傷的人大概也不會來這裡，風光明媚，陽光燦然，懂得利用此等風景資源的人比想像中的多，撇除尚未開館的早晨時刻，在戶外廣場有許多運動團體的居民做各種運動外，時間行進到上班時段之後，基本上就不大有人會在園區裡做不符合空間場域目的的事情，白日裡來到這裡的人多數是來欣賞展演、或是參加課程活動的人，再者就是作為遊覽車的中繼站，散落在各個座位區中休息、聊天，等待導遊呼喊，時間一到，便又一窩蜂地上車走人，空間復歸寧靜。

人們有種默契，在同個時空情境下，都必須從事差不多的事情，不然就顯得奇怪。例如運動，是早上許多人來到這裡的原因，早晨的廣場空間似乎就是為了提供給人們做運動而存在的，不論是個人或團體，在清晨時刻幾乎只有這個目的，於是早上看到有人在打太極拳、練氣功、快走或慢跑等，一點都不會感到奇怪。但其他的時間就不同了。有時工作到一半出去要裝水或上廁所時，總會看見有對中年男女做休閒打扮，在二樓的走廊上來回散步閒談，他們經常在近中午時出現，或是午休結束後的下午，旁若無人地在走廊上來回快走，推測應是退休後的中年夫妻，才能夠在平日的上班時間來運動。

由於時常被那對男女擋住去路，在要去廁所時、前往會議室時，會因為他們的快走運動而被迫停下腳步或是繞道而行，在工作中看到有人在散步運動不免感到突兀，不是在戶外空曠處，而是在人來人往的走廊上來回折返，一趟又一趟，經常如此，彷彿那應當就是他們的運動場般自然。也曾經在週六的午後，行政區三樓的走廊上遇過有人鋪著瑜伽墊，一身運動輕裝，正在做各種拉筋與瑜伽動作，週末上班或加班時，有人在辦公室門外的走廊上做運動、放著輕音樂，實在很難不感到奇怪。

但他們怡然的姿態，那麼理所當然，又讓人錯覺不合時宜的其實是自己。另一棟研習教室的三樓，以前曾是長官們的辦公室，後來組織整併後，那裡便閒置下來，作為儲藏空間使用，所以平常不太會有人到那裡走動。有陣子因為要進行清點或是確認物品狀態，比較需要頻繁地進出那裡的儲藏室，週末時就經常會看到一對高中生男女，親暱地在無人的三樓走廊上聊天，忙完從儲藏間出來時，他們也仍然在那裡，身影幾乎疊合在一起，我感到自己似乎不該出現在那裡，只能尷尬地快步走過。經過一段時日，某天，便沒再看見他們，儲藏空間的長廊又恢復成空蕩無人的狀態，正當慶幸終於不用再經歷不自在的情境時，下到一樓的中庭後，卻又看見他們，雙腳跨在對方的腿上說笑，我心想，原來他們是換地點了。

印象中那次之後，小情侶突然就消失了，許久都未出現在園區裡，後來看到一則地方報導，說是有人去他們學校投訴，高中男女在公共場合行為過於親密，實在不宜，許是這樣而被告誡，他們便不再來了。但報導所稱的場合不是這裡，原來他們在許多地方皆是如此，無人的三樓於他們而言並不是什麼特別的空間，我竟有些失落，覺得那些時日的尷尬似乎白白錯付了。

該怎麼抵抗這種感受，小心翼翼，不讓自己突出的角去妨礙到別人，到哪裡都不能自在，彷彿自己生來就虧欠世界許多，滿懷歉意地存活於世。

在網路上看過一則報導，有位母親帶著妥瑞氏症的兒子去看電影，因為其兒一直發出聲音而干擾到其他人，他們只好中途離場，電影無法看完。這件事引發許多討論，有些人站在母親那邊，覺得妥瑞兒亦有看電影的權利，但也有人指責母親，既然知道自己的小孩會有這種症狀，就不應該帶他去公共場所影響別人，疾病不是妨礙他人權利的藉口。

滑著那些留言，心情竟有些複雜，若是以前，我大概會輕易認為世界就是如此殘酷，沒有人會多看一眼，世事艱難，只能自己擁著各式的殘缺與匱乏，然後死去。然而，曾經聽過姊姊憂心於她的兩個小孩，長大後恐怕無法於社會上自立，所以打算慢慢教孩子務農的技術，留一片田，讓他們這一生起碼能夠自耕自足。可能是聽過了這樣的句子，過往習以為常的暗影與死缺，竟成為尖刺，一看就充滿痛感，鄉愿地想要繞過那些人世間的銳角或暗處，平坦地走在山間小路，那裡雲影環繞，有一片結穗的稻田，孩子們便在那裡安穩度日。

搓磨著自我與世間的種種角度，祈禱著一點柔軟，沒想到我也來到了這樣的年歲。

午後出差，正在公車的起始站等車，有位年輕的女士領著少年也來等車。起初以為他們是要一起搭乘，但等車期間，女士一直交代少年種種搭車須注意的事項，並在他的脖子掛上一條識別帶子，上頭寫著名字與聯絡方式。車來了，少年自己搭上了車，女士則特地去與司機搭話，交代那名少年的目的地，拜託司機多幫忙注意。

車子啟動了，女士轉身下車，站在路邊向少年揮手道別。一路上少年都沒有太大反應，只是一直捏住那塊牌子，並且緊盯著窗外，深怕自己錯過任何一個站名。

孤島

上班路途的水泥人行道上，破了一個洞，坦裸出土壤。日久，上頭便敷長了一層青苔，遠遠看去，像是貧瘠灰礫上的一片綠洲，偶爾還有雜草在那上頭抽芽生長，幾年過去，缺口始終沒有被補起來。

洞也沒有變大。偶爾經過，小洞的植被色澤隨著季節，在秋冬時轉變為黃褐色，然後乾枯褪去，復歸為土質的樣貌，每每以為會就此死絕，可春日一來，便又開始長出不知名的綠意。怎麼說，驚訝其強韌吧，在車來人往的烏煙瘴氣地面，不斷循環生長，彷佛生生世世，要與這個世界長久共存下去。

想想就覺得可怕。

工作幾年後，胃部似乎有了自己的意識，開始顯現其存在感。一開始只是偶爾的消化不良，就算不管它，飲食清淡些，過個幾日，也就無事，但在經歷了某年的結案趕工後，有時光坐在辦公室，胃的不適感越漲越大，直衝腦部與心肺，視線於是開始變得黯淡模糊，耳旁的環境音也逐漸轉小、遠去，胃要奪走身體的意識，那氣勢與強度有時令我不得不俯首稱臣，只能即刻趴伏於辦公桌面休息，以免真的暈眩過去。而在辦公室甚少說話的我，偶爾因胃脹而發出的嗝聲，簡直像要起乩一般，怪異的間隔頻率，似乎提醒著世人，在堆滿雜物與公文的角落中，還有個生物在那裡。

去中醫診所拿藥的次數，從一個月一次，進展至一週一次，幾乎要一天不落地吃藥，才有辦法弭平胃的不適感。我意識到身體是很有重量的，擁有自主權，可以重重地影響我、癱瘓整個人，甚至能夠輕易地就站在我的對立面，原來什麼都不從屬於我，我只能與其協商、聆聽，藉以換取和平共存的寧靜片刻。

吃藥，拿藥，工作，再吃藥，形成了一個詭常的輪迴圈，我的日子陷入了奇怪的重複。拖著時好時壞的胃，家人叮囑，去大醫院做個檢查吧。第一次去只做了簡單的抽血檢查，說沒什麼問題，開了藥叫我回去吃吃看，若沒改善再來，但也吩咐胃好了後就停止，不必將藥吃完。一個月的藥，第二週開始真的有比較好轉，但斷斷續續，藥很快也就吃完，於是又開始到附近的小診所拿藥，過著一樣的生活。

時光流轉，人行道上的小綠洲可能因為無人在意，始終沒有被填補起來。胃好了沒多久，有天上班時，正獨自在工坊教室裡整理東西，接到哥哥來電說，父親在家中過世了，要我趕快回家。接收到指令，我趕緊向主管告假，以最快的速度收拾包包、關上電腦，步行回家。可一路上，都在想，回家了又怎樣？回到家能幹麼呢？途中經過了小綠洲缺口，綠色不見了，代之一片灰黑的碎粉覆在上頭，看起來像金紙之類的灰燼，許是從別處飄蕩而來的，便落居於此，爾後順著風勢，再飄流至遠方。

到家時，醫護人員與警員已經離開，正在等衛生所的人來相驗，可能是太突然了，母親與哥哥並無太多表情，僅說著父親身體不舒服，自己一人在廚房坐著，後來母親聽到有碰撞地面的聲響，去查看才發現父親已倒臥在地上。母親說完，就叫我去看一下，一時之間，我竟還不太能意會那是什麼意思。

父親仍舊倒在那裡，光著腳，周身雜亂散落著回收物與菜葉。他習慣在這角落放個小椅凳，閒來無事便坐在這裡喝喝養樂多或是整理晚餐材料，自從開始化療後他便喜喝養樂多，一喝就是好幾罐，說是這樣能抑止化療後的噁心反胃之感。在真正倒下的前刻，父親應該也正喝著那小小罐的乳酸飲料，期望這次也能再撐過去的吧。

由於太胖了，沒人搬得動，在葬儀社的人來到之前，只好讓父親一直躺在地上。廚房並沒有重新整修過，地面是原始的灰色水泥地，經年踩踏，多出了許多破損的凹洞，與人行道上的綠洲一樣，只是家中的破洞始終只是破洞，並無其他的生命降臨而生出一小方天地。父親就這麼躺在遍布坑疤的不平地面，旁邊有些枯黃而還沒丟掉的蔥、便當盒與紙杯寶特瓶空罐等回收物，再過去，一邊是冰箱，另一邊是廚餘桶，許是如此窄仄的灰暗空間，更顯出父親軀體的臃腫龐大。

可能是對比太強烈了，在這樣的環境下死去，顯得很落魄，於是二叔一來，看見父親的遺體還躺在廚房，就有些不悅，認為應該將他搬到乾淨點的地方，而不是任父親繼續躺在冰冷的地面。但實在太重了，只能暫時這樣，等等葬儀社的人就會來，再移至火葬場放置，哥哥又解釋了一次。

「那些都是做給活著的人看的。」私下聊天時，哥哥如此說，顯然不以為然。或許每個人在意的東西並不相同。

就像我只在意天氣。那日秋陽高照，季風強勁，吹得人心裡很乾爽，於是送父親去火葬場的路上與回程，無人哀悼，母親只是不停地重複說著早上陪父親去掛急診的事，每個細節，每句話，一直重複再重複，彷彿要將那些事都刻進每個人的腦海裡般。

「誰知道回來就死了」，母親也許是想表達生死無常，然而在機械似的句子與句子之間，那無以言說的空白之處，由於體積過於龐大，壓迫著她，只能一直重複述說，藉以釋放那在身體裡不斷漲大的莫名空白。

天氣這麼好，父親卻死了，有好多事情得處理。

這之間，得空與男友說了父親過世的事。男友是個天真、不擅世故之人，也無法怎麼，只說如果我想找人說話，他隨時都願意聽我說。說了聲謝謝，又繼續去忙其他的事，我總顯得慵懶，無話可說，一心只想趕快把瑣碎的日常事務做完，無心談論自己，或是其他任何人，言語與文字被排得很後面，總認為那是有餘裕之人才有辦法做的事。

看塔位、申請證明、聯繫親戚，一連串的程序構成所謂的後事，並不感到煩人，應該相反，慶幸有了這些待辦的治喪事務，讓我可以不用說話。三餐問候，天冷加衣，除此之外，不知道還能與男友說些什麼。他總想跟我談文學、聊電影，那些將我們牽引在一起的美好事物，但我總顯得興致缺缺，於是通常聊沒幾句就會結束。再來，他會開始訴說起無名的煩惱、脆弱與焦慮，那些因為敏感的性格而與世碰撞、磨擦得極為辛苦的種種情緒，並總是會關連到人的生存處境，或是某個與之共感的過世作家，那群活得痛苦的族類。

我們都是文學的孩子。這種話我實在是說不出口。

尤其當我坐在銀行裡看著叫號機，等待繳交塔位的費用時，只想要安靜片刻，於是傳了訊息給男友，請他處理自己的情緒，我想清靜幾日。他大概無法明瞭，自己的女友實如一面銅牆鐵壁，任何的試圖傳遞都會被回彈，禁止入侵，只開了一小門，方便自身出入而已，是那樣地護衛自己。

我只是想活著，而且不必活得太辛苦，就只想這樣，其他的我都可以放棄。任何欲將我拉扯出這圈圍之外的，我都會丟掉。

喪事告一段落後，生活很快又恢復常軌，家中多了個紙牌位，每逢初一十五須準備飯菜祭拜，得拜上整整一年。我的胃仍舊時好時壞，只要天氣轉變或是生理期的前夕，脹氣與胃酸便開始翻攪，整個人昏沉欲嘔，成了一種常態，於是又去醫院報到，在我的堅持下，醫生終於幫我做了胃鏡檢查，但胃部只是輕微發炎，也沒有幽門桿菌，拿了跟上次一樣的藥，撐著傘，自己搭公車回家。

偏鄉的陰雨天，公車久久才有一班，所以在醫院的美食街吃了東西、逛逛咖啡廳後，才又回到站牌等車。家中無車，連要去火葬場都得靠親戚接送，所以個人的病痛及行旅，都得自己想辦法。例如母親，也是個多病痛之人，偶爾的言談間總透露出希望我可以去考駕照、買輛車，好方便接送她的想法，我大概都裝作沒聽到。只覺得累，任何試圖往自己身上靠的東西都想除掉。互相扶持，成為彼此的依靠，這種美景我不在意，只想回到自己的城牆，阻斷一切對外的聯通管道，隻身一人，再不用管他人生死。

雨還是狠狠地下下來了。雨霧裡，公車終於緩緩駛來，褲子與鞋襪早已濕透，上車後狼狽地尋了位子坐下，這樣的天氣車上僅兩三位乘客，各自滑著手機。窗外的鄰鎮老街風景毫無變化，只有房屋更破落了些，顯示已無人居一段時日了，讀高中時出遊經常會搭這一路的公車，熟悉不過的景色，如今只感到晦暗蕭瑟，隨時都要墜毀的樣子。

母親彷彿鬆了口氣，自在地過起日子來。她將父親的房間稍加整理後，便自己搬去那裡，從此家中三人皆擁有自己的房間，互不干涉，安靜得像座死城。因為無事操煩，母親胖了不少，生活的重心轉變成養盆栽，每隔一段時間，前院便會出現新的植物，施肥澆水、補土換盆，都得自己來，偶爾她累了，便希望我們代替她做，但通常無人理會。

她總說我們家族的人沒有感情，冷冰冰的，都是自己做自己的事，互不說話。母親忍不住開始擔憂當自己老到行動不便時，也沒有人會管她，只能等死。她預想了很多生命消殞的方式，並且注定悲劇似的，假想那種種的孤獨與不安，就像現在她若有什麼病痛，也無人陪她，只能自己騎著車到附近的小診所看診，沒有人會為了她暫停日常。

但到底要扶持到什麼地步呢？

對年合爐辦在爺爺家，天氣亦稱晴朗。請了位先生來寫牌位，打開祖先牌後才發現裡頭有塊小木頭裝飾掉了下來，先生問家中有無白膠？這是祖先的厝，得將它黏好才行，我於是自告奮勇要騎車去買，藉此暫時逃離繁瑣的祭儀事務。爺爺家附近有座戶外釣魚場，自小就有，已營業幾十年，經過時才發現魚池的水已抽乾，變成幾個大窟窿廢棄在那裡，也不知是不是永久停業了。

至便利商店買回三秒膠後，先生迅速地黏妥、寫好牌位，接著誦經，非常準確地在時辰內完成所有流程，拿了紅包後便趕下一攤去了。從此，父親沒有了自己的名字，被納入進「楊氏祖先」這一統稱之下，抹去了個別性，父親獲得了尊貴的稱號，安穩無虞，接受後代的祭拜而確保歲歲年年。

幾日後，釣魚池又蓄滿了水，幾個釣客圍坐著閒散垂釣，彷彿那日的廢棄只是一場恍惚，是自己的錯覺，生命總會再來，就算是人工的也無妨。家裡原本用來放置父親牌位的桌子變成了擺放口罩、酒精等防疫物品的專屬區，房裡的舊床被拆除，丟至空地，聯絡垃圾車來載走，人存在過的痕跡被漸漸抹除，代之另一個人的，日子或許就在這樣的生滅之中持續往前。

然而，我總會突然想起，也是晴暖的天氣，男友與我一同出遊，我們站在路肩，車流不斷地從眼前呼嘯而過。我有些遲疑，想著要等到車少些時才有辦法過去，但下一刻，男友已邁出步伐，迅速地穿越馬路，順利抵達了對向的馬路，一個人，毫不遲疑地做出行動。而我只是一直留在原地，驚恐地望向車潮，久久無法前進。

大滅絕

幾年前房子經過整修，換了新的屋架與瓦片，牆卻還是舊的，重新油漆粉刷過而已。許是因為新舊不融合，屋頂與牆面之間的縫隙，隨著歲月流逝，越開越大，以致時常會有鳥類沿著縫隙飛進去，在裡頭築巢生子，或是像突然闖入陌生異域般，失卻了來時路，在無人的房子裡不斷盤旋飛行，始終繞不出去，最後只能死在那裡。

許久未進入的房舍，總有股濃重的潮濕霉味，不用說，壁癌是一定會有的，撕開牆面的油漆層，內裡是灰撲的陳舊水泥，動作要輕，否則壁癌會黏著水泥層一起剝落。樓梯也是舊的，窄仄而陡斜，走至加蓋的二樓，偶爾會發現有鳥屍躺在地板上，在空蕩蕩、什麼都沒有的房間裡，乾扁地死去。動物屍體的處理說來是公部門頗為隱密的一塊，通常報告有這件事，主管們聽完後，也是只能說句：「那請清潔人員處理一下」，就算完結。幾次之後，負責清掃的阿姨便很識相，自動將那些動物屍首，完整或不完整的，丟進垃圾袋，再拿到垃圾子車，等待垃圾車將其載走。對於死亡，人們可能多少感到忌諱，並不想要知道更多，希望有人可以幫忙，默默地處理掉，最好永遠都不要讓自己知道。清潔阿姨許是隱隱察覺了，往後便自行掃除屍體，不再與人知曉。

被貓獵殺的老鼠、麻雀、白頭翁，流浪狗群所咬死的貓，這些屍體，在規模一百多戶、門戶大開的廢棄村子裡，總是無法避免，就連進到門鎖緊閉的房間查看，偶爾也會發現，有老鼠死在裝著枕頭的塑膠袋裡，怎麼跑進去的？彷彿死意堅決，歷盡曲折之路，來到想死的地方死去，令人費解。由於無人居住，大片房舍又被稻田與樹木環繞，適宜動物居住，也隨之而來常有死亡。死掉也沒什麼，趁無人在時清理掉即可，但活著的動物來來去去，在園區中閒晃，有人覺得刺眼，便投訴恐有造成環境髒亂疑慮，應當要驅逐，也有人認為牠們位於公家的領地，政府應當負起管理之責，好好照顧。

於是池子裡的魚種過雜有人投訴，指導著應當將雜魚除去，留下較有價值的觀賞魚類，才能維持優質的公共空間。無人餵養也有人不滿，覺得失職殘忍，即使池裡本就無魚，都是被帶來丟棄的，久而久之，便自成一個偽自然的生態池，擺在那裡，又變成一個須管理的場域。

每當此時，總會感到政府是神，投射映照了各種人們的願望、恐懼與道德想像，又是奴隸，理所當然要滿足人世間善男信女的各種要求，應當的、不應當的，都得設法去做。

但最怕有人死在裡面，畢竟人死掉算是一件大事。冬天寒冷時，梅雨季來臨時，都會擔心有遊民進住在某間難以勘查的房舍，在裡面生火取暖，餘燼一不小心就會燒掉整排的房子，於是SOP就會通報警察局，請警察一起陪同將其請走，但他們通常都會趁著晚上無人看管時再偷偷回來。遊民住過的空間差異極大，有的把廢棄的屋內布置得頗為溫馨舒適，具備家的樣貌，有著過往的日子遺留下來的痕跡，或是對家居的想像。也有走了之後，留下滿屋的垃圾與排泄物，將廢墟活成地獄，那樣的空間只有生理需求的殘留，看不到任何人樣。也不能說他似乎放棄為人，只是碰到了就會知道，原來人也有那種樣貌，依循本能行動，接近動物。

作為廢墟的巡守員，就這麼邊害怕著各種死亡，邊每日在無人而傾頹的房舍之間來回穿梭，祈禱不要被我發現任何屍體。但說起來，這裡似乎原本就是片死蔭之地，在做文史調查時，有戶人家的資訊始終空白，查無資料，房子的狀態看起來疑似有發生過火災，僅留下一些牆面與門廊頂蓋的遺跡，去詢問以前住在此村的眷戶，都說不太清楚，記憶中那戶已經許久未有人居，聽說曾有人在那裡上吊自殺，所以那屋便一直空著。然而，被交辦要活化空間的任務，往往會找些藝術家運用園區的場域來進行藝術創作，那戶的空間氛圍，不知為何，被藝術家挑中的機率卻頗高，可能正是如此充滿靈氣之地，更易於激發藝術的靈感。

長官說要懂得凸顯園區的特色，多加強調此處空間豐富的歷史堆疊，它曾是平埔族群祖先的生活地帶，又有日本時期遺留下來的宿舍型制，再來則是渡海來台的軍眷移民在此落地生根，並視之為家，但他們不喜歡被稱為移民，認為那是貶抑之詞。而管理別人的家本身就是一件很難的事，特別是當那些人都還沒死絕的時候，不得不理，但又不能輕易改變他們心中家園的樣子，動輒得咎，於是要謙卑再謙卑，仔細傾聽他們的聲音，必須低到地上去的那種程度，畢竟傾聽關乎選票。

他們已搬走十幾年，住進了集合式住宅大樓，居住環境比起我家的破落古厝還要好上許多，卻好像總是傷心，不滿家的樣貌被外人更動，感嘆著記憶不被記載，長官便又說，要與在地社區多加溝通、表達善意，誠意會感動人，政府單位本就應該容納多方意見。也最好別講廢墟或死蔭這種負面的詞，觀感不好，彷彿政府單位沒有善盡管理的責任似的。可說到底，哪有什麼政府單位，始終只有人，然後再去期望人可以做到神的事情。真真有夢最美。

所以還是已經死絕的最好，不發出一點聲音，被掃除或自然消滅即可，但不要埋入地底下，免得變成遺址的一部分，來日還要被後人挖出，做展示，拿來研究，成為書上史料的知識推演。專家說各時代的文化痕跡應當保留下來，堆疊再堆疊上去，才能累積文化，否則將會變成淺薄而空蕩蕩的一個地方。沒有記憶就沒有文化。人們訴說故事的欲望如此強烈，並且往往想要知道更多，於是天文地理，前世今生，知道得越多，越能幫助我們思考甚深、關懷更廣，走上記憶的道路，繼續往前，然後就能成為一個更好的人。試想，如果完全清除乾淨，白淨一片，是要拿什麼來說？但歷史是選擇，是刀刃，可以被捧來說的，永遠是那一小部分。

比如，這一帶根據研究，在清代尚有許多平埔族居住，而因為道路開闢曾被挖出的那數十具人骨，據說應該就是這群平埔族人的祖先，長官說這也是園區獨特的文化之一，跟別的眷村都不一樣，要特別標舉出來。但曾經的居住地、哪裡是平埔的生活場域，過著什麼樣的生活，其實沒有什麼直接線索，只能從現存的地名去推測，番仔、麻豆、社字系列名稱，大概就是他們過往的生活聚落，除此之外，幾乎什麼都沒留下來，絲毫沒有他們曾經存在過的痕跡。

書上的母系社會，所歸納的樂天平和的平埔性格，以致揣想的采風圖像，我實在無法如藝術家那般，透過這些史料，經由歷史的間隙，與他們有所感知或連結。我沒有辦法覺得他們跟我有任何關係。

即便家裡附近的地理舊稱也是與平埔族群有關。時至今日，仍有許多長輩是以舊名來稱呼這附近一帶，打電話要叫瓦斯桶時，我輩也是以台語發音的舊地名來表示該送達的位置所在。後來查了鎮誌，才知道意思是指遞送公文的平埔單身男子，其所居住的沙丘之地。

鄉下地方，以宗廟為核心，圍繞其所展開的生活聚落，幾乎都是同姓的親戚。楊家算是地方大姓，依據開台祖先的不同，主要分成兩個派系，我們家是屬於較不有名的那個宗族派系，但也祖業雄厚，祭祀公業擁有自己的墓地與靈骨塔，當然還有大片的土地。但那都不與我們相干，除了住在家廟旁邊這點外，幾乎感受不到那位祖先與我有什麼關係，年年翻山越嶺掃墓，也不知道墓裡躺著的是誰，掃了幾次覺得無味，便不再去掃，只由哥哥代表家中男丁前去割墓草。有次掃完回來，哥哥提起在回程的路上，經過一座華美的大墓，同行的叔叔便說那是某房的太祖，是位平埔族女性，能力很好，平埔族是母系社會，女生普遍都很強，可能是因為這層血緣關係，楊家的女生能力都特別好。

我不是很信，但查了祖譜，又真有番婆、羅姓娘等文字出現。但就如同查找史料一樣，看了，理解了，補充知識之後，還是那麼無關。

人死骨枯，物換星移，時刻總有汰換正在發生，不是很正常嗎？可人們對於自我，回溯根源的欲望，往往不知所起。

曾經的沙丘之地，變成了楊姓宗廟的所在，附近蓋起一撮又一撮的漢人民居，水泥厚瓦與土塊牆面，好像更能抵禦海線強烈的季風與鹽分，於是越長越多，終致抹去了平埔的家屋與一切的生活足跡。他們或搬離，或通婚，融進鋪天蓋地而來的族群，學習異族的一切，而不再標舉自己是誰。可能也沒想過要向任何人宣稱自身的殊異，只是平淡地學習生存所需的一切，放棄該放棄的，去適應別人家的生活方式與語言，適應不了，就搬走，生活資源被擠壓，就再搬走，搬到看不見為止。是要呼喊什麼？應該只希望不發出一點聲音，不讓任何人發現，可以隱沒在人群之中，消逝，融為一體。

根據研究資料顯示，他們後來一部分人退往大肚山上居住，有些則去得更遠，遷到埔里開墾。但埔里，好像有另一群人，一百多年後在政策主導下，也同樣搬到這個地方開始生活。

當年為了要擴建清泉崗機場，必須空出基地，在疏開計畫下，大肚山台地的居民集體遷村，搬到新社、石岡或埔里去。訪談的文章提及，有些比較晚搬走的人因為沒有客運可搭，只好用走的，走了兩天，才抵達新的居住之地，政府為這批移民也蓋了房子，長得就像眷村，但住在裡頭的是這些遷移過去的農民。打開手機地圖查看，這些人搬遷的距離，大概車程一小時內就能抵達，然而，他們還是以外來者之姿，與原居者展開了一段衝突與磨合的歲月。落地生根，世代延續下去，許多人就這麼與家鄉的遠親斷了聯繫，以那裡為家，遺忘那段走了兩天的路途風景。

搜索經常停在這裡，不太清楚那些因為擴建計畫而必須離開的人其組成分子是什麼，或許大部分都是漢人族群的後代，那些汰換掉平埔族的漢人聚落，也被清空，蓋了機場，讓美軍進駐，又換了一批不同的人來生活。

而同樣一個計畫，為了安置從屏東調來清泉崗基地的聯隊軍眷，家廟附近多了兩個眷村，更緊鄰楊氏聚落。出了家門，走沒幾步就有許多家中不會出現的吃食小店，老闆講的語言也與家裡的不同，但也只是這樣，一直以來並不清楚意識到那群人是誰，覺得沒什麼重要。直到上了大學後，週末回家，偶然發現眷村的位置已被剷平，蓋起國宅大樓，與周圍的平房景色顯得突兀，不同眷村的住戶，也都搬進那叢水泥高樓，開始共居。母親與我談起那些新樓時，不免羨慕，覺得外省人是有錢人，住得起那樣嶄新的樓厝，但我只是注意起，不遠的路旁，還有尚未拆除的整排空眷舍，在人褪去後，開始竄起雜木與荒草，門窗被宵小拔走，牆面因此有著大小不一的洞口，屋內便被傾倒垃圾，開始散發出腐爛的氣味。

來了又去，那裡終於被空了下來，長出荒蕪與傾頹，一副生人勿近的模樣，直到地方政府接管為止。有人發話，說活過的空間與記憶很重要，需要被保存下來，於是又被清整乾淨，選取一段最接近現在、還有人記得的生存樣貌，作為需要被傳承下去的文化，然後被平鋪在書籍的字裡行間，或是展示場的展板上，留存下來的物件則成為見證歷史的證物，結合展示手法，變成詮釋記憶的種種介質，人們來到此處，聽著不再重來的過往故事，想為自己當下的生活增添一些休閒的樂趣。汰換過不同人群的舊空間，被當作展場、咖啡廳或是打卡景點，迎來新的使用模式，藉由這些，人們說可以看見歷史，通往一個想像中的記憶，與過去相遇，是一件多麼美好的事情。

然而，要如何填滿那些虛空，用擇撿的文字鋪墊歷史的縫隙，加厚其重量再展示於人？類此種種，我只感到疲倦，自己都不相信自己。

雨季近尾聲，老屋還是完好如初，只有一兩塊瓦片掉落，或是屋脊線更傾落了一些，如此而已，始終等不到更大的毀滅。園區常見的流浪貓卻少了一隻，問了之後才知道已經一陣子沒見，大概生死未卜，我也只是點頭，表示知道了，不會再做更多。往前走去，來到屋瓦掉落的屋前查看，駐點人員已拉起封鎖線，禁止人們進入，我拍了照片，上傳至工作群組通報，交代清潔阿姨儘快清理掉地上的碎瓦，當一般回收物處理即可。之後，便刪除那張照片，不再想起。

輯二・惡意

惡魔的模樣

在名為人生的洪流裡，我有幾次與人談論死刑存廢議題的經驗。大約是茶餘飯後時刻，為避免吃飽會想睡覺之窘境，偶爾，我會那樣不識相地聊起這個話題。而坐在我對面的那人，幾乎毫無例外，皆持死刑應當存在之意見。

為使話題延續，我總是會站在反方，然後援引學生時代自己寫過的報告內容，聊著犯罪率與死刑存在的薄弱關連、執行死刑的成本、死刑的效益令人質疑等等，此時，對方就會提出「那受害者跟他的家人的心情要怎麼辦？」類此的句子。

「我不知道，那不在我的報告範圍裡，而且這跟死刑沒有關係，那是另一套社會支持系統的問題」，當我這樣回答時，通常會有些惱怒對方。但我也沒有堅持一定要讓罪犯活著的意思，如果死幾個罪犯可以讓未來犯罪率有效降低、撫慰受害者及其家屬的靈魂以及實現所謂社會正義，那我認為這很划算，就請罪犯去死就好。

此時，在我對面的那人的臉，往往顯露出疑惑，乃至迷茫，最後被時間的流速沖走。我想我們更熱衷於下一餐的食物內容與各自的人生。

碩士班畢業後的日子，無所事事，在家準備公職考試。每每讀書至煩累之際，我會翻出以往看過的幾部電影重複播放，其中有部是葛斯范桑（Gus Van Sant）的《大象》，是以一九九九年美國科倫拜校園槍擊事件為藍本的改編電影，講述槍擊案當天，事件發生前至事件爆發時刻的情事。導演的手法是，以幾位學生案發前的日常生活片段為時間軸，以重複交疊的方式來推進整部電影的敘述，當然，也包含了兩位凶手的日常生活切片，但就比例來說，導演並沒有加重或特別強調凶手的戲分，甚至也無意探究或暗示凶手的成長背景、社會環境或校園文化是否這樣那樣地致使他們絕望、發狂以致犯案，沒有，整部片可以說很公平地平均分配受害者與加害者的戲分，沒有誰被塑造成主角的意思。影評的意見是，那樣很令人不安。

界線很模糊。即使去到災難發生的現場，與災難發生之前的場景，似乎也指認不出來哪個是惡魔，以及思索惡魔是何以產生的。我期待的差異尺規與形象落空，可凡事總有個因，我是一直如此被教育著的，於是又看了麥可．摩爾（Michael Moore）的紀錄片《科倫拜校園事件》，這部片的內容聚焦在美國的槍枝管制問題、外交政策上不厭其煩的軍事行動，與擁槍自衛、正義自決的奇特文化，此間種種似乎造就了一個很好孵化惡魔的產地。我想我大概被說服了，就此停了下來，不再與人談起死刑。

不久，台灣發生了北捷隨機殺人事件，凶嫌就讀於我的母校，他從台中搭客運北上，先到超市買了刀子，然後坐上捷運，對乘客展開隨機攻擊。他遭當場逮捕，被判了四個死刑。

離得如此近，但印象中，我並未與任何人談論過此事，或許我終於也開始意識到，於工作職場、於日常生活，這不是一個太好的話題。我一直以為我是在討論一個制度的存廢而已，後來我才終於明白，於別人而言，那是一個人該不該死的問題，是一種沸騰的憤怒與痛無法止息且沒有出口可供流淌的暴力。他不是人，是惡魔，所以他必須死，這就是結論。我們用來處理人為創痛的方式，常常就是一個非人者的死亡。

一個人為何會犯下重案凶殺？有無原因？有無避免的方式？以往我總認為這種思維套路只是平添刻板標籤而不願直面，然而，若不將此當成一種必須持續努力而不間斷的提問，死刑的存廢與否或許也將失卻意義。

在學校被欺凌疏離、槍枝取得的漏洞、殺人遊戲的影響，在《大象》裡這些社會所臆測的可能原因都只是輕輕帶過，呈現為日常的一部分，看不出嚴重性。整部電影就是有兩個少年，在網路上買到槍枝，簡單地討論計畫後即開車前往學校，開始隨機掃射。殺人過程中，兩位少年也無面目猙獰或瘋狂或愉悅的舉止，大多時間只是平靜地開槍、走來走去，間雜少少的台詞，最後兩人在餐廳會合，其中一個殺了另一個人之後，持續著獵殺。沒有看見惡魔，也沒有給出一方製造惡魔的產地，或許導演認為輕易地給出一種答案是危險的，亦或導演自身也沒有答案，仍困惑著？總之，那是個晴朗的日子，那樣的藍天應當開車去海邊兜風，但那兩位少年卻開車去殺了人，好像只是這樣而已。

至於血洗北捷的死刑犯，兩年後於傾盆大雨的夜晚中伏法，受害者家屬得知消息表示大快人心、符合社會的期待，新聞報導如此寫著。但我已不記得那晚是否傾盆大雨。

業

幼時很長一段時日，時興第四台，經常會在電視上看到各種香港電影，家裡並沒有什麼嚴厲的禁忌，對小孩的養育採自由放任，所以會有晚上時，全家一起坐在客廳裡看香港三級片的記憶。我經常是缺席的，習慣早睡的我實在是無法撐到那麼晚，偶爾睡了一覺醒來，去廁所途中經過客廳，會發現家人都還醒著，各自散坐，邊吃宵夜邊觀看電視上各種怪奇的場面。

如今回想，那是一段頗為特殊的時光，平日的白天裡，也能看到這類電影的一再重播，因此不會有什麼偷看的禁忌快感。小學低年級與中高年級的放學時間並不一致，與兄姊的年齡差距，導致讀半天的日子，放學回到家後時常只有自己一個人，午飯吃完，母親會去房間睡午覺或外出辦事，我則留在客廳，看著各種電影或卡通，同時寫著作業。

當時有部黃秋生主演的《人肉叉燒包》轟動一時，據說是許多人的童年惡夢，我其實沒什麼印象，只記得看過，但內容早已忘記。查了一下，那是根據香港真實案件改編，這類電影還有《羔羊醫生》、《三五成群》等，描述香港連環殺人案或是少年殺人事件，也許僅是影視產業的渲染效果，但還是頗訝異於那個不大的香港，竟發生過那麼多駭人的事情。

異常又癲狂的明快節奏，搭配香港雨霧瀰漫的窄坡風景，高樓聳立，人走在其中彷彿要被吞噬般，總有殺戮即將發生，這幾乎構成我對香港電影的最初印象，即便後來看得較多的是文藝片，仍不改我對類型電影的喜愛，在個人的觀影經驗裡，《盲探》應是這類型中最後的一部身影。故事由五個案件所串起，熱血單純的女主角執著於尋找已經失蹤十幾年的兒時朋友，藉由與盲人偵探聯手偵破每個殺人事件的同時，也漸漸逼近當年好友失蹤的真相。是步調明快的黑色喜劇風格，帶點誇張的套路與演技，然而類型中應當出現的懸疑氛圍、光影的銳利對比、變態殺人魔的異常世界等，也都營造得不錯，看著那些鏡頭的轉換，我甚至感到懷念，彷彿童年又回返了一次。

當年還是個孩子的朋友，在向女主角坦白，害怕自己有一日也會步上媽媽與外婆的後塵而為情殺人後，便失蹤了。雖然電影中將那些為情發狂的女人塑造成平板的花痴形象，然而令我印象深刻的，是世代遺傳的癲狂與執念，強調了一種宿命論，逃不開血緣與情愛，彷彿業力輪迴，會永世流傳下去。然而在另一部電影《大隻佬》裡，倒是賦予了主角能動力，最後脫開業報的束縛，放下執念，擁抱那個使他仇恨的對象。

無由的惡與執念，令人悲痛的枉死，人們該如何去面對或接受這些？因果業報，放下執著，香港電影似乎試圖提出解釋，予世人一個得以支撐的理由。

幾年前曾與M到香港一遊，在街道上走著時，還是不免被高聳逼仄的大樓所震懾，加上穿了雙不太舒適的靴子，走上長長的陡坡，實在是不怎麼愉快的旅遊經驗。入住的區域交通便利卻頗為安靜，是有著富麗典雅風格的飯店，頂樓可以一覽維多利亞港的景色，就舒適度而言有些無法與現代新穎的旅館相比，然而房間的隔音效果卻很令人驚豔，在房裡幾乎聽不到外頭走廊或是隔壁的聲音，是我所住過最安靜的房間。

在香港遊玩的期間，正巧是張國榮逝世十五週年的忌日，於是晚上在飯店休息時，仗著隔音良好，我們便在房間裡調高音量，大聲播放著一首又一首張國榮的歌曲，喝著酒，一邊聊著對張國榮的記憶，或是各自的瑣碎成長片段。我應該也又談起了香港電影或港劇在成長過程中的陪伴，說著大量九龍城寨或是駭人聽聞案件所改編的種種故事，閒談的最後，或許是停在也是真實案件改編的《踏血尋梅》這部電影，漆黑的海上，過於孤絕的個人，我獨斷地認為那近於文藝性質，而非類型電影的尾聲……凡此種種，M可能也不怎麼感興趣的話題。

隔年，便爆發了反送中運動，重回香港顯得遙遙無期。與M偶爾談起香港行的片段回憶，吃過的茶樓似乎要歇業了、今年的藝博會有哪些藝術家參展，總覺得像是非常久遠以前的事，細節已記不清楚，只想得起在飯店裡聽歌的畫面，斷斷續續，播得非常久。

《盲探》的結尾，女主角的朋友終究為愛殺了人，在產下女兒之後便斷氣死去，故事的最後，幾年過去，劉德華和鄭秀文結婚了，朋友的孩子由他們撫養，在陪伴與愛的環境下長大，是個歡喜的結局。那些執念與妄愛，是否會因為不再孤獨，而免於再次發生，並不得而知。

曾經在網路上看到一篇有關湯姆熊隨機殺人案的報導，記者藉由訪問在獄中的嫌犯、他的父親與表姊，以及一些判決書的內容，試圖拼湊出一個殺人魔的可能切面。斷斷續續而無法對接的談話截取、缺乏照護的成長歷程，乃至身心狀態的折磨，呈現出一種無法與外界交流的孤絕。內向寡言的嫌犯透露，女友是他唯一說話的對象，殺人是在與她分手後才想的。然而，這也只是一種切片，他仍是惡人，社會指控他在狡詐裝病，他的惡純屬於個人，與社會無關。

不知道，我討厭因果，也厭煩業報的論調，但好像也無法篤定一切與我無關，不過是社會不公。

家中書少，多是姊姊偶爾買來，擱置房中，無事翻翻，除了村上春樹的小說，幾乎沒有文學書籍。

大學時期，某個週末回家，發現房間裡多了一本科普書籍，許是再次待業在家的姊姊，不知何故，突然對犯罪心理感興趣，買了布萊恩．隱內的《犯罪心理剖繪檔案》，挺厚一本，每每回家，它總是被擺在相同的位置，也不知到底有沒有看。因此在家時，我偶爾會翻翻，看個片段，幾宗美國連續殺人犯的介紹很吸引人，斷斷續續，十幾年來，這本書被我翻過無數次，但總也沒讀完的時候。

陽光燦爛的日子，似乎特別適合翻閱它，記憶裡，我時常在陽光透隱的午後房間，獨自閱讀此書。除了闡述西方文明用以測量犯罪的理論發展，從身體到心理，再到實務上諸如偵訊、談判、鑑識等各種技術的演變外，在這之間貫串其中的即是心理剖繪。算是淺顯易懂的入門書，雖然中文翻譯有些不通順的地方，但無礙我閱讀的樂趣，此書模模糊糊成為一個轉折點，大學的最後兩年，我看了大量的犯罪推理小說，許是無事而煩躁，不知該前往哪裡，哪裡也不去了，我好像不是我自己。

書裡所看的知識與技術，後來在許多美國影集裡出現，活生生地在眼前上演，比起書中所寫，似乎更顯神奇許多，我沉迷於破案的樂趣，書籍、電影與影集，那麼安全，我只需要擔心我自己。

幾年前，一部以ＦＢＩ探員約翰・道格拉斯為角色原型的影集播映了，書中許多熟悉的案件與心理剖繪技術再次上演，似乎頗有好評，我趁著春節連假，一邊看著影集、一邊翻書對照參看。然而，這部影集卻不太明媚，推動緩慢，時有受困凝滯之感，心理剖繪技術似乎不再神奇，一切都充滿了不確定性，心靈與心靈之間，看似溼渭分明，有時卻又疊合，隱隱不安。

故事很快來到主角去訪問女學生殺手愛德蒙・坎柏，演員的外型與我在書中看到的嫌犯照片很像，勾起了我對這本書的記憶。我印象最深的，是訪問者道格拉斯在經歷與愛德蒙・坎柏的幾次長談後，覺得他是個友善、敏感且富於幽默的人，而不得不承認有點喜歡他。

於是我又拿起這本書，有的記得，但很大部分則是完全沒有印象。然而，最令我感到訝異的，是書中有著大量的犯人照片，許多被放大，占了一整頁的版面，與其他專家學者的照片放在一起，人模人樣，再也分辨不出誰是誰。

惡意

母親一手拿著手機，另一隻手緩緩點著螢幕，練習打出字句。她說要訂四斤螃蟹，群組正在團購。

隆冬時節，尚不覺得冷，母親卻忙著下訂，並不為吃食，而是為了放生。母親是虔誠的佛教徒，長年茹素，家中窄仄，並無一獨立空間可設置佛壇，遂在客廳置一立櫃，緊靠著北牆權做一小佛龕，此後，客廳便成了母親做早晚課的所在。這樣的信仰隨著時序的推進，漸趨濃烈而堅信，客廳餘下的三牆面亦逐漸被各式佛像及勸世格言標語所占滿，後來就連我與母親共用的寢間也被掛上了幾本佛教月曆，那上頭偶爾有出家師父的照片，在那圖片面前，每日更衣、修整自身，做著種種再普通不過的世俗之事，而信仰的霸道與力道，在空間的痕跡上展露無遺。傲慢如我，必然感到被深深冒犯，但也不動聲色，生活、讀書、寫字，一如以往地自我過活，絲毫不為所動地長成了母親並不那麼樂見的樣貌。

母親總期待，家人能夠一同與她跨進所謂神的領域，再也不要出來，那裡乾淨、自在，無有恐懼。然而她的身後始終沒有追隨者，隨著時日遞迭，往後一看，不僅沒有跟上來的人，連名為家人的影子也變得薄稀，神的領域似乎背反著路徑、卻也同質地正朝向一處潔淨之地邁進。

我們長大，父親老去，母親顯得越寂寞，越寂寞，就越往充斥象徵的詭域而去。多年前，母親參加過一次放生法會，在附近的小山上，買來的鳥皆用鐵籠裝著，差不多有二、三十籠，先由師父帶領大家誦念一遍放生的咒語，接著每個人輪流將籠子打開、高舉向天讓鳥兒飛出去，且須邊放生邊念佛號，如此放生的鳥便不會再被捕抓，在其往生後也將往善處去，免再受輪迴之苦。那種生命奔向自由、重獲新生的動感，震撼了母親，使她淚流不止，她或許感到自己頭次做了一件偉大且有意義的事，自此戀戀不已，講了又講。

她認為那是正確無比的事情，心靈受到撼動，又有相同理念的夥伴同行，不是正義的道路，又會是什麼？

因工作需要前往南部參訪前，和母親起了爭執。投票日的前一晚，母親在客廳講電話，記下對方要她投公投案的選項，掛上電話後，她重新撥了電話，將這樣的選項傳遞給另一個人。我非常生氣，質問母親是否理解那些選項的意義與它可能造成的影響，若不能理解，怎可人云亦云、去做一件自己都不明白的事？然而，母親卻反擊，責怪是因為我不跟她說公投案的答案，她只好聽別人的答案，跟著投。

投票當天，母親一早就回娘家去了，並無投票。那樣的爭執與憤慨，其實可有可無，明天過後，母親也還是母親，繼續著神聖的日常生活。

參訪的最後一站，時近黃昏，去到了一處由舊鐵道倉庫改建的園區。戶外有一狹長的水池，遊客並不多，有三、四位裝束看起來像是附近的居民聚在水池旁的一方，並且從那樣的圍觀之中，傳來了明晰、尖銳、類似幼貓的叫聲，仔細一看，才發現其中一名婦人正用兩隻手分別抓著一隻蛙的兩條後腿，那隻蛙受到驚嚇、想要逃脫，便發出了尖銳的叫聲。婦人邊抓邊笑，神情頗為興奮地展示自己的手法，並向旁人解釋這蛙如何如何，在旁的幾人神色有些呆愣，似乎不覺得那有什麼樂趣，卻也一時不知該怎麼辦，只能任由那蛙繼續尖叫。最後，在旁人的勸說下，婦人將蛙放回水池，空氣復歸平靜。婦人只是笑，並且非常得意。

我疲倦極了。回程路上，司機抄了近路，駛上山腰間的山路，四周無車，向下望去，山腳下一片燈火通明，明明朗朗的人間。

到家時，天色已完全暗沉下來。母親一如往常，穿著黑色海青在家裡庭院持香、嘴裡念念有詞，像是在做什麼儀式般，有固定的移動軌跡與插香盆器，涼風徐徐，海青在風中翻飛，似蝠似燕，爬滿了牆角與樹梢，徒然滋生心中暗影盈盈。她說這樣是在對無形的眾生布施，種下功德，我們家才能得神佛庇佑，長長久久。

然而我只覺得累，非常非常累，衝進浴室，對著痠腫的兩條腿用熱水沖澡，許久許久，依然不得解乏。因為只要想起那婦人的笑，我就不由得打起冷顫，從腳底直達腦門，許久許久許久。

藍屋

久未開通的大路通車後，從外地回家時都會取道此路，上了陸橋駛一小段後再下去，接著往日落的方向直行，看見便利商店左轉，就到家了，非常方便。

左轉之後，就是鄉村聚落常見的所謂地方大姓聚集地，宗廟原本位於主要居地的東方，像是一個起頭或城池，有著庇佑整個村子的意味，然而隨著老屋年久失修，大家逐漸搬離此處，選擇在別的地方買透天厝，過起樓厝或公寓式的生活。生活圈一旦轉移，宗廟的人氣只能大不如前，平日無事的日子幾乎不會有人在那裡，老一輩的還在世時，廟是那一代人的聚會場所，聊天泡茶、打牌賭錢，聚久了肚子餓，父親就會買些食材煮點簡單的米粉湯給大家吃，閒來無事，幾個中年人就坐在廟門口，看著馬路上車來人往，抽根菸發呆。與父親交好的幾人，彷佛約好了似的，在五、六十歲的年紀紛紛因為意外或生病而陸續過世，消殞得非常快速，母親總說那是由於那群人年輕時總愛夥同父親一起去釣魚，殺業造得太多，包括父親在內，才會都那麼短命。

短命的一輩走了，廟裡不再傳來人群的聲響，無論參拜或發呆，都沒有人去。於是管委會前陣子花了大錢，重新整修廟的屋頂與外牆門面，架上ＬＥＤ跑馬燈，日夜輪播著主祀的諸神尊稱，再弄幾個照明燈光，試圖招攬一些香客進門，然而日子過去了，似乎看不出有什麼效用。

人走了之後，就不會再回來，就像從沒存在過一樣。有次農曆春節，午飯過後，正坐在客廳裡吃零食時，突然聽到外頭有人說話的聲音，這是極罕見的，因為這條巷子僅剩我們一家還在住著，平時不會有人來，就算有也只是送貨或抄電表的。聲音持續了好一段時間，顯然不是走錯路的，母親出去查看，沒多久便領著他們來到家裡，原來是以前住在這邊的遠親，已搬走多年，因為小孩要做寒假作業，就帶著孩子們來老家走一走。小孩約莫高中的年紀，對於自己父親興高采烈地敘說過往的老家生活沒多大興趣，倒是一直想跟家中的貓玩，但那位遠親還是盡責地以我家的空間格局舉例，讓孩子可以約略想見以前老家平房的樣貌。

家裡後方的空地其實有著一條往西的小徑，沿著走去，曲折之處會陸續出現幾簇黑瓦民居，隱現於樹林之中，數量頗多，若無人帶路，較小的孩子獨自走進去後可能會迷路，遲遲走不出來。那裡早已無人居住，搬空的平房任其荒頽，野草雜木遂占據領地，掩去了以往的路徑，只有等到冬天來臨，草木枯黃萎頓之際，才能稍稍窺見小徑的形狀。

然而，還是太過荒蕪了，他們僅站在小徑入口處，稍微比畫一下，想像昔日小徑裡的熱絡景象，如此作業的資料應夠用了，便打道回府。

他們走後，巷道又恢復靜悄無人的狀態，母親回到家中，邊喝茶邊說著沿路的哪戶屋簷又塌陷一些，不知何時會掉落，提醒我們路過須小心，以免被落瓦或竹椽砸傷。爺爺生前總說住在廟附近不好，容易家中不寧，且精神極易衰弱，瘋的瘋、死的死，最好趁早搬離，但事與願違，幾年過去，周遭果真搬空得徹底，土地是祭祀公業的，所以也沒有人原地重建，一有錢便買了房子搬出去，但我們如今還在這裡，沒有能力移動，是最後的一戶了。

母親忍不住又開始細數，這附近的瘋狂家族史：爬到屋頂上不肯下來的羊癲瘋患者，豢養暴躁的猴子、家屋牆面滿是昆蟲標本的詭異人家，時常在路上遊蕩的瘋女，喝酒成癮的浪蕩子，都是說過又說的。冬日的暖陽應當溫暖，卻逢季風強烈吹拂，透風無孔不入，我們只好將客廳的門關上，嚴冬的昏暗快速降臨，一切就像久遠的床邊故事，有種熟悉而異樣的古怪心情，從門縫與窗隙，從腳底透進了心裡，無關卻又傷感。

從大路左轉進來，轉角處有棟刺眼的藍色屋子，很難不注意到。屋子是自小就存在的，位於溝渠旁邊，獨門獨院，被大榕樹圍繞著，有著自己的院落與圍牆，是間居住環境不錯的平房，宅旁的小路是兒時要去街上必會走的一條捷徑，沿著潺潺流水聲，遇到的第一間民宅總是樹蔭掩映著，大門深鎖，從未聽過裡頭發出一點聲響，好似永遠都沒有人在，而當時它還不是藍色的模樣。

溝渠旁的小路是少數我擁有愉快回憶的地方，因為是通往熱鬧街上的捷徑，所以在學齡前的日子，爺爺總會騎著腳踏車載著幼小的我，沿著水溝往東邊騎去，一路上林蔭涼爽，途中會經過墳塚小丘、擁有戲台與廣闊廣場的土地公廟，最後抵達一間柑仔店，爺爺會在那裡買鐵盒裝的糖果給我，以此結束一趟愉悅的旅程。父親與兄姊若要載我去街上買東西，基本上也都是走這條路，踏上它，最後總會獲得一些什麼，是充滿物質性的康莊大道。

可我卻從未見過藍屋子裡的人。母親說起榕樹下的那戶亦是遠親，算是頗有智識的殷實人家，但女兒在十幾歲時精神開始出現問題，認知紊亂，情緒癲狂起伏不定，無法維持正常的生活，長久以來被家人鎖在房間裡，避免她亂跑發生危險，但這一關就是五十年過去，當年的花樣女子已是七十歲的老婦，飽飢便溺皆無法自理，只剩八、九十歲的老母親還在照顧著她，母親說那老母親偶爾會出來倒倒垃圾，就算是與世界的交流了。

我訝異於那棟沉靜安穩的房子原來有著這樣的拘禁，如此安靜著的瘋狂，失卻了永久的自由，歲月流轉，不知寒暑，相依為命的母女，或許唯有孤寂與疲憊長伴。不免感到悚然，縱使經過千百次，卻仍一無所知。幾年前，外牆與增建的鐵皮屋頂突然漆上極醒目的藍色，當時還以為那間房子被租去要開咖啡廳或是餐飲小店之類，但漆完之後並無其他整修的動作，也沒有掛上招牌，又回歸原本平靜無紋的狀態。

臨近的大路開通之後，經過溝渠小路的人變少了，藍屋子一年四季更籠罩於樹影之中，少有人靠近，與其亮麗的色澤相反，幽幽暗暗地存在著，不知所終。往後幾年，母親偶爾會再談起，卻也沒有更新的消息，可就算有，應該也只是徒增傷感的病痛老死，不會再有其他。

隔日近午，母親突然說要去家裡後面的空地尋找藥草。是個非常晴好的天氣，恰逢大年初四，廟裡久違地傳來人聲，喇叭播放著一些喜慶的鑼鼓音樂，下午還有布袋戲酬神，算是難得的熱鬧之日，可母親只專注於藥草，說要趁著中午才敢在荒廢之地走踏，晚了就不敢，故得抓緊時間。

無奈空地裡藥草長得少，不夠母親想要採集的量，於是她便提議沿著小徑往裡頭走，應該會有更多藥草可拔。我已許久未走入此處，早已忘記這條小徑原來頗長，可以經過樹林與池塘，並且連接著多戶的舊式平房，有的是紅磚三合院形式，有的則是一條龍式加個單邊護龍，房舍樣式不一，且沒有緊密集居，而是散落在緩丘密林之中，加上住戶皆已搬走多年，那一大片廢墟如鬼城，即便日正當頭，還是不免感到濃重的陰森之氣。

久無人煙，房舍庭院的雜草卻不多，無礙行走的腳路，許多屋子的門窗早已不知所蹤，站在大太陽底下向內望去，闃黑的內裡深不見底，經由門窗的孔洞透射出來，有股令人止步的震懾感。母親在院子裡採摘完後，也不敢再往裡更靠近門邊，於是我們只好循著原路回去，結束這趟短暫又有些無趣的冒險之旅。

終於從密林走出，踏上原來的小徑時，我與母親才安心下來，加快步伐往前疾走，直至小徑入口處看見宗廟巍峨的雙龍屋頂裝飾後，我們才停下腳步，站在枯黃的泥地小徑上，回頭向後望去。陽光正直射，來時路越顯得一片荒蕪，喇叭裡的鑼鼓聲此時卻戛然而止，周身唯有北風，狂暴地呼嘯而過。

英雄

客廳及房間的天花板，常常會發出聲音。像是重物墜落，碰碰地，不連續，有時像是有東西在跑，小小的腳步，急促而細碎，彷彿在追趕什麼，然而，一切只在天花板上發生，無法看見聲音的形貌。

持續的時間通常不會太久，偶爾會在白日裡發作，但大多時候，半夜裡持久而躁動的聲響，總將人從睡眠裡拉出，在黑暗中睜開眼，望著虛空，直覺有東西在那裡。也無法如何，只能靜靜躺在床上，祈禱那聲音趕快消失，再不止息，就起身開燈，看向有聲響的那塊天花板，猜測是否會有什麼衝破板子而掉下來，等了許久，常常什麼都沒有發生，聲音只是逐漸轉小而停止，我卻再也睡不著覺。

小的時候善於幻想，總覺得那裡是一個祕密基地，世界有難需要拯救時，擁有超能力或魔法的人，就會去到那裡，變身成超人或是戰士，然後飛速趕去消滅壞人。我甚至能仔細構思出天花板上基地的空間模樣，現在回想，那配置的空間感似乎與一間兒時常去的租書店疊合在一起，是一個洞穴般的入口，靠牆有著整排的書櫃，暖黃色的燈光下，放了幾張紅色沙發椅，看起來只是頗有情調的閱讀室罷了，一點也不像英雄出發前的整備空間，但或許當時在小孩的想像裡，那些書櫃具有機關，一按鈕就會旋開，示現出另一條深邃的通道，盡頭處便有像樣的裝備。

在編織的想像藍圖裡，自己就是那個擁有超能力的人，趁著半夜家人入睡之際，降下陡仄的樓梯，去到天花板上的祕密基地，化身成拯救世界的重要人物，強大而無所畏懼，過著雙重的生活。事後回想，著實感到不可思議，長大後老是被疲憊和厭倦籠罩的自己，怎麼會想去過那種累死人的人生？但當時的我，或許總是害怕著各種未知的事物，精神上相當脆弱，因此靠著這樣的想像，編織每日強盛的自我，用以度過各種難熬的時刻吧。

祕密基地的舞台有時也會被架構在對面的土塊厝裡，那是曾祖母居住的寢室，在她年紀大了之後因為需要有人照顧，開始輪流居住在不同的兒子家中，那裡便逐漸閒置，變成孩子們的遊樂場。姊姊非常喜愛去租書店租漫畫與小說，那個年代裡，光是腳踏車程可及的就有四、五家，由於租書太過頻繁，為了躲避母親的責念，姊姊偶爾會躲在那間土塊厝裡看漫畫，享受無人打擾的時光。但祕密基地的使用方式也並不都那麼靜好，例如哥哥總愛在盛夏的午後，捕捉一些昆蟲，抓緊大人們都還在昏睡的空檔，將獵物帶到那裡，慢慢地肢解牠們，是屠宰生命的密室。

我則是不用實際去到那裡，藉由想像織造一個魔法道具，我拿著道具在曾祖母的房間揮灑之後，便會出現一個不曾存在的夾層空間，我會在那裡研擬作戰內容，感到自己無所不能，即使沒有玩伴，我仍然可以化身作不為人知的英雄，懲奸除惡，再也無所畏懼。

偶爾想起這事時，我總感到莫名其妙，對英雄相關電影或影集一向不感興趣的自己，怎麼會一再重複編織這樣的情節呢？想來應是對於祕密空間的興趣遠超過英雄人物，以致幻想需有超能力者才能打造那樣的自我天地，而平凡人也需要進入祕密基地裡才能變身英雄，但長大後看一拳超人，發現主角好像也不用有祕密空間變身，頂多換個衣服，就可以直接出發去打倒壞蛋。不需要祕密基地或變身過程的英雄，應當是更強大的，超能即是日常，無須有切換的設定。

哥哥說，回想起小時候的自己，總有許多不能理解自己的時刻，就像那密室裡的屠宰回憶，一場場的肢解，不知為何而做，也許在他的幻想裡，那些螻蟻也是入侵地球的外星人，他正在消滅牠們，以防衛全人類。但更多的或許是對於毫無抵抗能力的生命，顯現自己的全然主宰，看著昆蟲微弱的掙扎，他控制且操弄牠們，享受殘殺的樂趣。

「有時想起小時候的事，自己都覺得可怕，不知道在幹麼。」偶爾哥哥會說，兒時的自己感覺是另一個人，他全然不了解，彷彿只依照本能行動，只管奪取這世上一切能奪取的東西。

年久失修，那間土塊厝先是塌了屋頂，後來又倒掉一面牆，露出了殘破的切面。切面的內部有著紅眠床和木頭衣櫃，雖然部分壞損了，卻仍然屹立在那裡，偶爾有野貓會跑到衣櫃上面睡覺，床則被塞滿了各種雜物，許多曾祖母的用品也還放在地上，然而一切都破敗得無以回復了。那個幻想中的夾層空間當然也不存在於那裡，但我也不太確定那是兒時的想像遊戲而已，還是自己將某個真實存在過的空間場景錯置成自己的幻想，當成一處心靈上的逃逸之所？

畢竟在那個瘋大家樂的年代，孩童常會被視為是指示明牌的天選之人，因此總有不認識的人來往家中，帶來討好的禮物，或是載著我前往一些陌生的地方，期待天降啟示，能夠窺得未來的數字。我大概是那種無法離開父母的孩子，一分開就感到驚恐萬分，過於龐大的不安在身體裡滋生、膨脹，面對無力改變的現實，我總是哭喊、尖叫，藉以驅散那些逼人發瘋的恐懼。在那段經驗裡，現實的陌生處所或許過於可怖，所以便將真實的記憶捏造為幻想的背景，並且在那樣的空間裡，編寫了一段又一段無所畏懼的英雄故事。

我是那麼害怕著離別和未知的一切，過於脆弱的自己，連記憶都能夠加以扭曲，將現實變為虛妄，再加點色彩，就能製造強大的分身。

一次雨天，原本要辦在廣場的活動因雨只好移進室內，時近兒童節日，為了慶祝，請來了魔術表演，正式開演前，小小的空間裡早已擠滿了帶著孩子前來的觀眾，看來頗受歡迎。演出開始，表演者拿出許多道具，邊插科打諢，邊變現著繽紛的魔術，偶爾將變出的東西送給小朋友，現場笑聲不斷，終於有個段落，表演者從原本空無一物的帽子裡，變出了一隻鴿子。

鴿子是活的，不斷地振動著翅膀，全身已有幾處光禿，一副病懨的模樣，即使奮力振翅，還是只能在表演者的手上打轉。現場突然有點尷尬，因為那隻鴿子顯然生病了，與現場歡樂的氣氛格格不入，表演者很快地將牠變不見，轉場的音樂一放，再繼續著其他開心的演出。我突然明白，天花板上的聲響，不是什麼英雄的祕密行跡，而是迷途的鳥類在暗處裡盤旋，是飛不出去的掙扎之聲，或是老鼠、蛇類，誤闖進封閉的天花板，找不到原來的路，在裡頭撞擊試圖逃出的聲音，總之，不會是英雄。

蒲澤直樹的《怪物》裡，有個角色在被逼到絕境時，總會有超人現身，解救他於危困之中，後來他才發現，原來那個超人就是自己，只是在盛怒之下會出現的暴力人格而已，英雄從未存在過，一直以來都只有自己。所看的動畫版本，故事並沒有交代，當那個角色發現雄壯的超人其實並不存在時，他是怎樣的心情。只知道最後的一場戰鬥，他沒有召喚出超人，而是憑著自己的力量打倒壞人，然後壯烈地死去。

我不免悚然，原來寂寞與脆弱，才是英雄的本來面貌。少年漫畫裡所苦苦追尋的強大，不過是魔術師的帽子，空無一物，再定睛一看，也只能看到一隻脫毛病瘦的鴿子，再怎麼歡樂、壯麗，都只是一隻飛不起來的鴿子。

梅雨過後，房間的天花板濕氣太重，開始出現脫落的跡象。傳統的木頭天花板，有幾處表面的貼皮已脫開而垂下，看起來就像是頭髮，有人躺在天花板裡而垂下的頭髮，但也只有這樣，天花板材還是完好無破損，沒有露出它的內裡可供窺探。我將脫落的部分用白膠黏回原有的位置，再拿出膠帶，沿著原有的接線，將天花板黏得密密實實，不留一點縫隙。

長生

自有記憶以來，左邊的房子一直是無人居住的狀態，那間房是出入巷子的必經之地，但我總害怕，不敢一個人經過。住家早已搬走，但不知為何，門並沒有上鎖，偶爾在白日時，兄姊會帶著我進去裡頭玩耍。

低矮的房舍採光不佳，室內老是一貫地昏暗著，裡面其實早已搬空，只剩下一些老舊桌椅沒有運走，被棄置於此，蒙上厚厚的一層灰，兄姊大概是將那裡當作一處祕密基地，偶爾進去裡頭玩遊戲、偷吃零食，是可以短暫休憩的場所。由於幾乎都是空的，很難判斷每個隔間的原始用途為何，只記得時常待著的那間最靠近巷子，門僅用粗鐵絲綁起來，輕易就可進入，裡面除了一張桌子外，牆面上仍掛著好幾幅裱框的蝴蝶標本，沒有被帶走，也沒人將它取下收起，就這麼一直被掛在那裡。

那是我第一次看得如此清楚昆蟲的樣貌，像針一樣細的觸鬚與腳、頭部的眼睛、花紋過於絢爛的雙翅，平鋪在牆上，一動也不動，那種場景對於幼小的我而言是很可怕的事物，既是死的又像是活著，我不知道該怎麼辦，只能盡量不去直視。週六的夜晚去逛夜市，本是開心的一件事，但要經過那間屋子總令我非常苦惱，有時白天忘了將門掩住，到了晚上，它就成為一個黑洞，彷彿會將人吸進去，變成那些蝴蝶的獵物。

有時我會鼓起勇氣，頭低低跟在兄姊後面快速步過，不朝那裡看去，向著歡樂的夜市出發，但多數的日子，我則是待在家裡，等著兄姊或父親從夜市歸來，帶回小吃及飲料，配著電視一起享用。週六夜晚，電視常會播一些奇特的節目，除了《霹靂遊俠》、《X檔案》等影集外，偶爾也會有像是恰吉或比留子之類的恐怖電影可看，但印象最深的，卻是一部關於人魚的卡通。

主角是一位吃了人魚肉而長生不老、活了五百年的少年，因為想要尋找變回普通人的方法，從而踏上旅途。有一集他去到傳說藏有人魚肉的森林裡，其內有一古宅，宅第的主人是一對雙胞胎姊妹，妹妹已是老婦，姊姊雖滿頭白髮，外表卻仍是少女的模樣，因為年輕時妹妹曾餵她喝下人魚的鮮血，外貌得以永遠年輕，然而人魚的劇毒卻也讓她的右手嚴重變形，有如異形的爪子，因此她不斷掘墳，盜取年輕且尚堪新鮮的屍體，將其右手砍下，接到自己的身體上，以此維持右手的形貌。

如今想來，是有些老掉牙的女人為美發狂的套路，然而故事來到末尾時卻有個轉折。當一行人終於來到那個藏有人魚的地下洞穴，在隱現的燭火之中，一條人魚就像五花肉條般被掛在牆面的木樁上，看起來已死去風乾許久，像個隨便製作的標本，可當白髮少女欲切下人魚肉時，那人魚倏地轉頭反咬了她，原本死絕的生命竟又活了過來。其強韌的生命力令幼小的我無比驚恐，深怕前方屋內的那些蝴蝶標本，也如同鬼魅的人魚，會在深夜時刻忽然復活。

結局如何早已忘記，長大之後重看，才發現白髮少女苦苦尋找人魚肉，其實是為了讓自己的妹妹吃下，讓她嘗嘗跟自己一樣，那長生不死、時間永遠停滯，最終只剩下自己一人的孤寂之感。活著如同死亡，無疑是最哀傷的報復。

那些蝴蝶標本後來不知去向，屋子搬進了新的家庭，一開始和樂，後來逐漸變相為家暴現場，妻子為了逃離丈夫的暴力，帶著小孩連夜逃走，家暴夫從此卻一蹶不振，酗酒又精神失常，幾年後便於家中暴斃離世。屋子遂又空了，久久無人再進去居住，只能任其荒廢，緩慢地坍塌崩毀。

母親總說那是業報，雖然她也不清楚他們到底做了什麼惡事，但就算這輩子沒做，那也一定是上輩子做的，這世才會承受這種果報。母親的目標是去極樂世界，到了那裡便是永生，什麼長生不老，都是等而下之的人在追求的，雖說如此，但她還是飽受身體病痛之苦，所以平時與阿姨舅舅們聚在一起時，總會推薦彼此一些保健食品或養身祕方，一次又一次，去到各種古怪的地方求醫，剛開始母親都覺得有效，隔一陣子後便又病痛復來，偶爾因此感到倦怠厭煩，說她再也不要去醫治了，只想一心念佛，可以早日解脫。

我總以為那不過是種精神上的寄託，不太干涉母親的信仰。然而母親並不這麼想，認為自己是天選之人，在這末世中悟得真理，凡周遭不相信自己的都是愚痴之人，不照她的話做將來都得受此業報。那是一種強烈的執念，總想要將周遭所有的人事都捲進含納在自己的世界觀裡，且不容質疑，那是她建構好的世界，總有一天會成真。所以她相信多買花供佛就會長得漂亮、經常生病的人要多買藥布施可消除病障等說法，茹素、放生尤其大好，是很大的功德。

有陣子她便迷上放生，只要有放生活動，幾乎都會去參加。螃蟹、魚苗、鳥類，放生的種類無奇不有，如同團購一樣，可以在群組上認購說要幾籠還是幾斤，人沒到場沒關係，可出資放生。母親愛護生命，所以無論他人怎麼說，吃素與放生她都是要做的，太過複雜的道理或邏輯母親聽不懂，因此也無用，只要跟她說做了什麼好事就可得到什麼樣的好報，她就會去做，並且深信如此行為所產生的因果。

深信自己是在做好事，並且會獲得好報或神蹟的母親，很多時候其實無法得到我們的理解，而她也不懂我們所謂的生態浩劫是什麼樣的概念，與家人話不投機，沒人站在她那邊，因此她只能一意孤行，自己去參加眾多的法會、助念或放生活動，好為業障深重的家人祈福庇佑。純粹而執著，但我看著母親，總感到深不見底，看不清她真實的樣貌與想法，如此強烈而偏執的善意，不知道會將母親帶往何處。

因為慈悲為懷，附近若有瘦弱的流浪貓，母親也會拿些飼料餵養牠們，幾年前，有隻固定來討食的母貓，便成為母親時常說話的對象。母貓看起來聰明，總將自己打理得非常乾淨，有時會消失好一陣子，才又突然出現在門口討食，然而牠的毛色還是隨著時間漸漸發黃，是老化的跡象，於是在某一天，母貓又突然出現在家的附近，但狀態看起來很不好，似乎身體不適，一直閉著眼睛，蹲踞在地上，一動也不動。

等到下班回家時，那隻母貓卻已不見蹤影。我進到家裡，跟母親說著那隻母貓好像走了，沒有在附近，母親卻答說牠已經死了，她已經將其埋在後面的空地裡。

「因為我看牠很痛苦，就想到我有幾顆甘露丸，法師說那都是用天然的東西製成，且有經過加持，能治百病，所以我就餵牠吃了。牠吃下沒多久，就突然哀號吐了出來，然後就斷氣了。」母親說著這些話時，臉上平靜無紋，看不出情緒。

「這樣也好，牠的壽命到了，早點解脫，就不用再受病痛之苦，不然活著也跟死了沒兩樣。我幫牠念了往生咒助牠超渡，可以脫離輪迴，往生極樂世界，不會再有生老病死。」

語畢，她便又拿著自製的大悲咒水，出門前往母貓的墳上，灑淨淨化，祝禱這人間世，永生永世不必再來。

輯三：幸福路上

座位

近下班時分，主管將批核下來的公文放到我的位子時，忍不住說：「這一疊文件堆得這麼高，感覺好像快倒下來了。」

經她提醒，我才終於意識到左手邊的文件好像真的堆得太高了，再增加一兩本報告書疊上去，就會倒塌下來的程度。說是文件，其實參雜了公文、會議資料、契約書、報告書、參考書籍，以及一些文創品與活動T恤，組成複雜，厚度與高度各不相同，於是呈現了搖搖欲墜的狀態。在同個位子工作將近七年，不善整理的結果就是從抽屜到桌面以及座位周邊的地面都堆置了大量的文件，每次都到不得不整理的地步時，才會著手去檢視，將不要的丟掉，把可能還需要的整理成一箱，運到地下室去存放。

整理是我最不喜歡的工作，因為那要逼著自己去一件一件檢視過往的工作痕跡，然後就會看見自己是如何浪擲在大量重複且無意義的公文迴圈與公部門奇特的研考制度裡，大部分的時間都是在走著官僚體制所設下的層層迷宮，想著如何通關，一心只專注在解決眼前的問題，解決了，就又有下一個關卡，或是無數個緊急卻不重要的事情。公部門自有一套邏輯，脫離常軌，形成自己的宇宙，與外在的世界無涉。由於太血淋淋，我總是極力避免任何回過頭去檢視的機會。

我變得非常短視，只看著眼前掉落在我身上的事物，對它有所反應，不去看其他的地方。

因為業務關係，經常被派去參加各種老空間再生、文化資產保存活化相關的工作坊或交流座談，席間，偶爾會看到對於地方歷史擁有熱情的有志青年，積極地投入討論的議題中。在那樣的場合裡，我總是雙眼無神地盯著手機，思緒飄遠，耳邊嗡嗡，一心只等待時間趕快過去。不耐而煩躁，被放進那樣的人群之中，即使想說服自己，還是會不安地感到手足無措。那樣理想、滿懷希望與抱負的氛圍，讓我產生無法消除的齟齬之感，擅自在心裡拉開與他們的距離，認為那是屬於他們的領域，而我只是一個聽令行事，因為被指派而偶然出現在這裡的小小基層人員，與他們不在同一個世界。

許是自己毫無變化的成長軌跡，從出生到就業都在同一個地方，因此看起來就像是對於家鄉懷抱著異樣執著的感情似的，然而事實上只是怯於行動，對於開拓新環境興趣缺缺，自然而然便都在熟悉的路徑上移動，日復一日，不認為有必要去認識什麼，生活、毀壞，爾後消滅，都是再正常不過的事情，只需要去處理過日子必要的事務，其他的就拋到身後，不去看，生活於其中卻有如半瞎狀態，只要認得清己身周邊的路徑就好。

一個計畫項目結束後，我與執行團隊談起活動進行的過程，他們覺得非常感動，學員也相當投入在課程及作業的書寫中，認為這樣的計畫是很有意義的，應該要多多舉辦，或是將成果編輯成冊，留下過程與紀錄。我感到不可思議，一時之間竟不太能理解那是什麼意思，一直以來，我只是接收指令，去完成眼前的工作，一件接著一件，從不多想，如同機器般，有效率地做完該做的事就是唯一的意義。

工作就只是工作，不允許自己在裡頭追求意義，將自己壓至扁平，成為方便使用的零件，怎樣都不可能喜歡自己。

談完之後，我開始巡視一大片的廢棄房舍。連日大雨，水從稻田漫進了馬路，福壽螺也隨著雨水飄蕩在路中，下在巷道的雨積滯不退，高過水溝與排水孔，於是越過門檻淹進了屋內，樹木不堪雨淋風吹，終也傾倒了下來，雨似乎無處不在，想要毀壞這片年久失修的老舊平房。每經過一次風災，房子便往往更傾頽了些，更趨向消逝了些，主管快速交辦了哪裡需修繕，哪裡又要填補防堵，但我則是希望一切都毀壞坍塌，不再修補，不用再重頭來過。

語未落畢，逢週末淫雨再現，勢頭來得更是凶猛。輪值的同事從家中帶來雨鞋，至倉庫裡尋找久未使用的抽水馬達，全副武裝的模樣，奔赴淹水的老房去拯救已然變成淺池的屋內空間。我本應一同前去查看，然而，可怕的雨勢使我怎樣都提不起精神與氣力，於是我待在安全的室內，偷懶地任由同事們前去處理。邊盯著電腦，來回校對廠商所提送的文件，是否有依照上次主管所批示的那樣修改正確，一邊查看手機訊息，駐點人員持續傳來災情回報，雨下個不停，他們穿著雨衣在園區四處檢查，無人居住的房子卻像是針扎似的，從許多縫隙滲進雨水，彷彿要漫漶一切。我們將水掃出、排出，拖乾地面，找師傅將可能滲漏的孔隙填塞，但下一次雨又降時，雨水又會自無從知曉的角落裡冒出，令牆面發霉、濡濕所有事物。我不懂這有什麼意義。

毫無浪漫可言，看了都覺得累，這些挺過六十年的平房，骨頭都快散了，有人期待它活下去，有人則希望它消失，無論如何，都只是人的欲望在裡頭打轉，不會有自己的意識。

本來是這麼想的。

雨天過後，某間房舍的漏水情況更形嚴重了。大概是從乾燥的冬日開始，空無一人的房間地板開始出現莫名的積水，拖乾了，隔日又會有，永遠乾不了。最初推測是天溝被雜物堵塞，裡頭的積水因此排不掉，便沿著牆面的裂縫流進屋內，找人來將天溝清乾淨後，真的漸漸不再有積水出現，地板與牆面變回乾燥的模樣，但不久，換成隔壁的房子開始從牆壁滲出水來，且更嚴重，滴滴答答，像是屋內在下雨般，雨季長長，一直停不下來。

於是又清了一次天溝，請人爬上屋頂，用手將落葉掃除、拔掉長出來的小樹芽以免破壞天溝的結構，但沒用，房子裡依然持續滴水。沒有辦法，只好請了專業人員來現勘，主管與同事跟著技師從加蓋二樓的陽台跨出去，走到屋頂上沿著天溝查看，我仍舊在樓下等待，與同事談著最近的業務狀況。不知為何，自從父親過世後，我變得容易疑神驚懼、貪生怕死，總會極力避免讓自己處於可能危險的情境，就讓別人去做、去到現場，我則躲在後面，以為這樣比較安全，可以遠離恐懼一些。

勘查完後，說是天溝有些地方已歪曲翹起，底部甚至有鏽蝕破洞的跡象，建議重做一條新的天溝。丈量完尺寸、報價、簽准，好不容易可以施工時，先是工班太忙空不出時間，等到可以施作時，偏逢雨季來臨，只好等晴天，拆掉舊的，趕在下一波雨前完成新天溝。完成後，又找人來處理壁癌及填補天溝與牆面間的縫隙，以為自此可以高枕無憂了，但房間的雨仍舊不停止。

第二進空間門框的上方，無論晴雨，總是潮濕的，呈現一種永恆的雨季。實在無計可施，主管將這個任務又轉給有經驗的資深同事去處理，他們將門框上方的木隔板拆掉，爬上梯子、拿著手電筒照射，檢查裡頭的水管是否有破裂漏水，但看了老半天還是沒個結論。水費帳單來了，果然增加許多，某處水管正在漏水是可以確定的，但這某處到底在哪裡？

簡直就像鬧鬼一樣，沒人知道它從何處來，滴滴答答，占據整個空間，不歡迎任何人進去。但看似廢墟般的房舍，終究還是挺了過來，持續以文化資產的老房子之姿，展示於眾人的眼前。人的持續進入，據說是它的幸運，亦是所謂命運，由不得誰。

最後倒塌下來的，是自家門前的祖厝。

久無人居的土塊厝，前年的大雨已讓它的屋瓦塌陷，留了四面土牆，經過此次的連日雨勢，終於撐不住了，於清晨時分先是倒了一面，中午過後，又倒了另一面，掉落下來的土塊擋住了去路，但這條窄仄的巷子只剩我們一家還在此居住，又是死巷，無人會經過，說到底，只是礙了我們的出入，再無其他人會相涉，災情的後果於是只能自己清理。軟爛黏稠，土塊飽含雨水沉重異常，雨又下時，黃泥隨著雨水流向家門，黃澄一片，青苔處處冒了起來，構樹及雜草抽高再抽高，掩至窗前，天晴日曬，蚊蟲便瘋狂湧出，竄至家中，再多的驅蟲與殺蟲都抵擋不了，這是牠們本該存活的世界。

不知道還能撐多久，那樣潮濕陰暗，幾近崩塌的世界。

然而，只要一睜開眼，我還是會去到那個位子。每日打開電腦，只管盯著近處，任由文件與體制將我淹沒掩埋，活成扁平而便於操作的模樣，任由自己去恨自己，沒有過去也沒有未來，不朝向哪裡，不想望什麼風景，沒有暫時或永恆，一直一直，待在自己的座位，不去遠方。

濃霧特報

上完駕訓課的回程路上，不過早上八點多，霧卻散得很快，前方視線清晰，連柏油路面有隻被車輪壓扁的死老鼠都分外醒目。霧散去後，早市附近擁擠又雜亂的街景便浮現眼前，人群也湧出，顯現百無聊賴而疲憊的樣子，為了不想看得太清楚，我只好催著油門，加速往前駛去。

順路買了早餐，回到家將早餐吃完後，也就到了該上班的時間。這樣開啟的一天，我的心情通常都非常糟，睡眠不足的疲累、駕訓班教練的壞脾氣，加上工作業務的困頓瑣碎，這一切的加乘，輕易地就讓情緒迴盪在低谷一整日，但也不能怎樣，日子既不天崩地裂，也非曲折離奇，只是細細小小，沿著屋簷滴滴答答，生活不會被穿透，擁有許多看不出來的孔洞而已。

例如歲末年終的午休時間，滑著手機總會看到社群平台上，有人貼出自己的年度歌曲排行榜或年度電影榜單，藉此回顧他們一整年的興趣總結，看到時總是不免心驚，因為我對那些幾乎一無所知，但也不會特地去搜尋那是什麼，貼文滑過去，就過去了，於我而言僅是聊備一格，再也不具備任何依存的意義。我感到奇怪，以前經由那些喜愛的事物，總能信仰這世界還有一些珍貴而獨特的地方，覺得可以追尋，還有一些模糊的未知等待自己去淬鍊或毀壞，現在則是毫無感覺，彷彿只是讀字，吸收一則訊息，再繼續前往下一則。

開門不至於碰壁，但也只有窄道，再來就是一條短短的路，去到辦公室的一張桌子，然後在方格的座位裡工作、吃飯，幾乎就是所有的了。

晚飯時間，家裡電話響起，通常是找母親的。難得有了出口，總有煩惱的母親，不免將內心的擔憂與惶恐和盤托出，無論對方是誰，總要說上一兩個小時，姊姊夫家最近的種種糟糕事、一直不開口說話的兩個孫子，或是沒有穩定工作的哥哥，這幾齣，按照母親的說法，是令她夜夜失眠無法安睡的原因。她想了又想，感嘆自己為何命運總是不好，以致內心的愁雲慘霧無法排解，此時總有人試圖遞上解方，某某廟裡的師父有神通，費用隨喜，搞不好可以得到指點，幫助母親除去煩惱。

那些敘述，母親也會在我吃飯時或睡前一再重複，彷彿怕人誤會她過得幸福，或是忘記她內心有著巨大的憂慮。經由這樣不幸話語的編織，向周遭的人散發自身存在的價值，世界的重量僅壓在她一人身上，她得時刻提醒那些活得過於無憂的世人，還有人在受苦。

我裝作已經入睡，不回應母親任何的字句與嘆息，一段靜悄之後，她便會回到自己的房間，打開手機放著心經的音樂，躺在床上試圖入睡。事到如今，我好像沒有辦法假裝自己仍走在不幸的霧霾之中，命運予我許多，穿越過去後，其實就只是生活的樣貌。不幸、痛苦，過於戲劇性的字眼，只會令我不安，一副受之有愧的模樣。

某日上班，收到向日葵來訊，說想跟我通個電話。印象中，我們已將近四年沒有聯絡，最後一次見面是在她的婚宴上，我匆忙趕去送她結婚賀禮後就要離開，沒想到她突然問我，能否留下來作為伴娘幫她一下？我訝異於人緣頗好的她，這樣的大喜之日身邊竟沒有可以幫她的人，但也感到這樣的請求實在有些突兀，便回絕了，繼續回到辦公室加班。日子如常，隔年她便生下女兒，在中央部會的審查會議上收到她生產順利的訊息，簡短祝福她後，轉頭去忙，往後便幾乎斷了聯繫。

再有消息，就是一通長長的對話。婚後她搬到夫家所在的北部生活，在育兒之餘，她時常會到附近的圖書館去借閱書籍，某日，她在文學雜誌上看到我的文章，突然想起這個朋友，曾在書上寫過和她毫無交集的談天、漸行漸遠的友誼，所以想要聯繫，想跟我說，當時的她並沒有察覺到我的感受，有些抱歉。面對突如其來的坦誠與歉意，我大概有點驚慌，一貫地避重就輕，轉移話題，聊聊她的家庭生活與孩子，或許也說了些自己生活上的瑣事，交代彼此幾年的空白，最後互道珍重，結束了通話。

該怎麼說，那不過是一場文字的展演，我甚至不確定，在這樣自我的袒裸中，我是否真的傷痛，我是否真如書寫所示，那樣思考與過活著。她為何要對那樣的文字感到歉疚呢？她的朋友可能只是一個自我陶醉的騙子罷了。

霧散去後，她們都不在那了。只是這樣而已。

無以為繼的對話終究成為日常，濃霧不再遮掩住話語的路徑，陽光明媚，應當看清自我的去路，但我只是疲憊，失卻任何欲望，無風也無雨，乾燥敞亮得空無一物。

螢幕上跳出男友傳來的訊息，是一張程式截圖，上頭記載著他半夜跑步的公里數及路徑，當我看到這類來訊時，通常已經是早上起床之後的事了，而他才剛入睡，生活作息的差異，讓我們的對話時間往往延遲至中午，才有辦法彼此對接得上。除了中午的吃食外，我時常猶豫還要聊些什麼，但頂多就是一些家中所養的貓如何、最近胃又不舒服等話題，然後彼此去忙，結束這場例行對話。

見面的時候，或許也有跟他提過向日葵與我聯繫的事情，但就如同多數時候，關乎我的話題總是很快就會結束，緊接而來的，就是男友無止境的傾訴與焦慮。相處是繫之於他的狀態的，有時才剛碰面要吃飯，手裡尚捧著碗筷，顧不得吃，他便開始長長地講述自我的所有細節，包含教課的內容、與他人的對話、看過的書跟電影、自我肯定或是厭棄的言論。許多事情是重複說過數次的，然而他不厭其煩，總是一說再說，非常急促，彷彿要將所有的內裡都傾洩出來般，即使提醒先吃飯菜，他仍然一直端著碗，一直重複地說話。

每當此時，我總感到自己是不存在的。男友的眼神並不真的與我對視，而是穿透過我，望向不知其名的虛空，我僅是他的對鏡，看著我，方便投射出自身的倒影。我的功能，就是讓他能夠不斷地重複自我，那些言語，不是在與我對話，而是消滅著我的存在，代之以他的。

就像春霧散去，夏日到來，在陽光清透的天氣裡一同散步，男友仍會說及某個喜愛的小說家是在三十九歲死去的，而自己已三十八歲，只剩一年了之類的句子。我才恍悟，無論晴雨或霧散去與否，他其實十分清楚，只有自己，整個世界都是自我的投影，都是受苦。

然而，我只是累，只想踩著地面，平庸而不費力地生活而已。

父親過世後，全家開始有種度假的氛圍，閒散而安逸，並不覺得日子難熬，老房子卻像堅定意志要跟隨父親消殞般，開始出現毀壞崩落的跡象。季風強烈，帶來濕氣，吹進孔隙眾多的牆面與地底，縫的尺度於是被吹得越來越大、越來越多，如同野生的藤蔓，入侵家中的許多內裡，將骨架抽換成某種具有生命的物類，在裡頭寄生攀爬，恣意地生長茁壯。

我總感到煩膩，對於古老事物的一切毫無興趣，衍生的歷史意義與痕跡我更是讀不出，毫無感情，徒增日子的麻煩而已。就像父親曾經修治過多次的浴室水溝，其泥壁短時間內陸續出現了幾個大小不一的洞穴，一開始不曉得那是什麼，以為只是水泥脆化而有的自然崩落，直至某個雨天，在浴室突然有隻蜈蚣竄行，在牆面迅急爬升，又快速降落，彷彿在追趕什麼。定睛一看，才發現牠是在獵捕一隻蟑螂，許是感到空間裡有人，牠很快放棄了獵物，鑽進溝壁的洞裡。在牠身後，那洞口看起來黝暗而無事，剛剛的追趕彷彿只是一場幻夢。

於是家中所剩的殺蟲劑，對著洞口全數噴完，也不知有無作用。與父親不同，我並不打算修補，任由孔洞恣意增生，將這個家逐漸侵蝕塌陷，如此便不再是家，不再是應然的珍貴之物，便可以決絕棄置，將它當作一個異物，不用再回望與照看。

強風吹拂

午飯過後，天空開始轉陰，漸漸起風。

光線也消失了，屋內瞬間就暗了下來，窗外響起風吹衣架的聲音，頗有欲雨的態勢，只好將院子裡曬的衣服收拾進來。尚未收完，姊姊突然出現在家門口，隻身一人，身旁並未見到那兩個孩子的蹤影。

這個時間怎麼會回來？正感到奇怪，她一臉倦容，只帶了個小皮包，說是要回來喘口氣。

老屋有著許多間隙與裂縫，風總是很輕易地就透了進來，只要一吹，整幢屋子就從內裡發出駭人的震動聲響，彷彿一具沒有軟質肌肉可供緩衝阻擋的骷髏，稍稍觸碰晃動，就會一股腦地瓦解坍塌般，是那樣令人不悅的存在。而我們坐在裡頭，喝著咖啡，吃點心，有一搭沒一搭地聊著，偶爾望向外面，陽光隱現，世界忽明忽暗，最終雲影流過，徹底遮去了太陽，我們就陷在這樣的陰暗裡，不太知道該說些什麼。

其實約莫知道發生了什麼，每日早晨，母親必會忙完一陣後，坐在她的位子上，趁著吃早餐的時間，將她聽來的許多無關的瑣碎軼事，以一種漫無目的地走岔路方式，一件連著一件，毫無邏輯地傾瀉而出，其中時常夾雜著姊姊夫家的家務日常，包含孩子、吃食、穿衣，以及各類的衝突與爭執。我聽著，眼睛卻總是望向電視，內容是什麼，其實聽不清楚，只是想以虛幻的聲響來驅散些現實之音罷了，並往往在母親的話語尚未完結時起身出門，一副多事匆忙的上班族模樣。

點開影片，方框裡出現的是那兩個孩子的身影，躺在地上翻滾，或是爬上櫃子與窗台，嘴裡發出無意義的吼聲，有時則不停地尖叫，畫面外總有大人們的喝斥與呼喊名姓的聲音，但都無用，他們不會看向那聲音的來源，從不停止，眼珠子盯著奇異的方向或虛空，轉來轉去，直至有人去把他們拉下來為止。一開始母親總看得哈哈大笑，被孫子的可愛模樣給逗樂，但很快地，畫面中的身體越長越大，言行卻未進化，仍一如動物在地上爬行，往不符合期待的方向前進。

母親也說不上來，是否身體長得太快了，小小的靈魂於是跟不上，好像裝錯了容器，越大，就越顯得不合時宜。

第一次有醫生提醒要注意小孩的狀況時，姊姊是不信的，也有些氣惱，覺得孩子只是像她而已，要比較慢才會開口說話，不是什麼發展遲緩。後來大概經不住眾人一直煩憂，才帶老大去醫院做詳細的評估檢查，但醫生說了，即使有自閉症的傾向，只要及早接受治療，還是有可能跟正常人一樣。她只是不信，覺得孩子是聰明的，無非是比較懶惰、不很想努力而已。

老大是這樣，小的帶去檢查，也是如此。姊姊有些不知道該怎麼辦了。

有陣子她突然沉迷於網路平台上談論宇宙的影片，會丟訊息傳來地球起源的連結，或是要我幫她買相關的書籍，一開始不以為意，覺得只是對神祕事物感興趣而已。直到有次他們回來家裡，大家圍坐在客廳吃午餐看電視，姊姊卻突然打開自己的手機，上網看起講述地底人蜥蜴人的影片，邊吃邊看，非常專注，彷彿學生在專心聽講，隨後便開始向母親說起，現在的人類其實是外星人進行基因改造而成的實驗品，地球是一個中空的球體，地心裡住著擁有超高智慧的地底人，擁有傑出科技的他們警告人類不要再發展核能，否則將會自取滅亡。

但母親只回答她要吃素、多念佛，迴向給小孩，他們才會越來越好。前世勢必有什麼因緣，這輩子才會出世來做她的孩子。什麼宇宙跟地底，一點都不重要。母親的深信常常無處訴說，有人在時便講了又講，眾人皆有罪，理應懺悔，不該醉生夢死。

姊姊許是信了，便託人去問事。據說是可以下到陰曹地府翻閱資料的高人，神遊之間，捎來信息，表示姊姊的某一世是個捕魚人，兩個孩子則是被她捕捉到的魚，從姊姊還是小姐時，他們的靈魂便一直跟在身邊，等著投胎當她的小孩。

「難怪兩個孩子那麼喜歡玩水，而且動物轉世的人都比較缺乏智慧」，母親拿著手機跟姊姊聊天，邊這麼說，邊在庭院整理她的盆栽。施肥、澆水，碰到遲遲未開的情況時，便拿著剪刀剪去多餘的花苞，只留下長得好的，過多的生長有礙開出漂亮的花朵，於是要有所取捨，原本病弱的就割下，用衛生紙細細包好，丟到垃圾車去焚化，不能讓它自然生滅。

然而，她婆家的人卻說，是由於姊姊的腦袋不好，才會生出有問題的小孩。

可能如此，因為憤怒，姊姊一夜未睡。送完孩子上學後，回到床上輾轉反側，試圖入睡仍未果，最後便決定回來家裡坐一坐，看能否抒解自己心中的鬱悶。

其實天氣是不錯的，然而不知為何，只要陽光隱去，風就開始強盛起來，從已然壞朽的雙扇門狠狠吹進。身體越冷，姊姊的話語就越被風所震動的物品聲響掩蓋住，遠遠的，聽不清情緒的波瀾。母親一不在，我們的談話就顯得斷斷續續，無法再像古老的久遠以前那樣，彼此親密無間地說話，姊姊有著許多煩惱與心事，我則是只有疲憊，坐在那裡徒具形體。自從結婚後，姊姊幾乎沒在家裡住過，每次回家都是來去匆匆，除了因為兩個孩子需要時刻緊盯著外，最主要的還是她的床已被拿來堆放雜物，這個家再也沒有她的位置，結婚就是被除去，這是姊姊當初始料未及的吧。

她或許也不解，每當打電話回家，就只有母親願意與她聊上幾句，弟妹們總是冷淡以對，懶得與她多說的模樣。內容常常是日常瑣事，或是悔恨自己的婚姻，覺得至少不要跟公婆一起住，起碼會比較幸福，而母親雖然聽著，中間安慰個幾句，結尾卻老是叫她忍耐，並說是她自己吵著要結婚的，選了就要認命，聽到這裡時，姊姊似乎只能沉默以對，然後結束這場通話。她不是不認，也不是真的要放棄，只是感到不該被這樣對待，她的人生不該是這樣，因此想尋個出口，找個人確認，如此而已，但娘家總像片鐵壁，鑿不開縫隙，也毫無回音，心裡的話再怎麼努力，始終流通不開來。

也不是很明白，一直以來，自己都很努力要把人生過好，但生活的軌道卻總是輕易地偏離她的想像，無法控制，不知道該怎麼辦，彷彿搭上壞損失控的雲霄飛車，應當要遊樂歡愉的，卻一再變相，她只是驚恐，害怕被拋飛出去，向下墜落，沒有終止的一日。

就像魚的事情，姊姊不免感到有些悚然。

譬如暑熱，汗盛，幫孩子洗澡的次數增多。在浴室的時候，他們變得喜歡將整顆頭埋進水盆裡玩，頭、臉、耳，埋得非常深，接近盆底，像是要自殺一般，每次姊姊都必須得趕快將他們拉起，整張臉往往浸滿了水，而他們只是笑，非常開心的模樣。之後她總是縮短洗澡的時間，儘快將水倒掉，不讓他們有機會投入水中，此時他們就會暴躁起來，哭鬧不休，所願所想必要得到。當直視那樣的，毫無掩飾的欲望與強迫，是否偶爾會讓姊姊感到困惑，錯覺那是一隻異物，不是她的孩子。

但最可怖的是他們對水的渴望。外頭若大雨，雨停後地上積有水灘，深淺不一，一圈一圈的，像是生出了大大小小的水池，偶然帶著他們經過附近的空地散步時，會突然掙脫開牽著他們的姊姊的手，跑去躺在地上的水灘裡嬉戲，通常都需要費盡氣力才能將他們拉離此處，一身的泥濘與濕氣，孩子卻非常開心。像是有股引力，一直將他們往有水的地方拉去，以致後來下雨，總需要等待天晴，乾燥個幾日，才能再將他們帶出門去。

為了吃素，姊姊開始勤奮地學煮素食，料理自己的三餐。也不是真的相信，只是覺得必須要做些什麼、剝奪自己一點什麼，才能交換到願望與幸福，不如此做，似乎無法踏實地認為孩子們會好轉，在養育的道路上，必須做點無用的事，藉以支撐自己。

然而，孩子不管這些，兀自長得飛快，身形超越了同齡的孩子，學習的速度卻遲滯不前，無法溝通與表達，只能吼叫、憤怒，恍若有一層殼限制住他們，外面的意念傳遞不了，他們在裡面也不知該如何出來。帶著殼活著，到處與人碰撞，長得越大，碰撞就越激烈，到最後，他們就只能恨這個世界了吧。

還是去恨母親，為何要生下這樣的自己。或許他們也不知道恨，只是尖叫、吶喊，暴力而強烈地去對待周身的事物，因為那就是他們感受到的東西。

有次與友人談天，天氣晴好而冷冽，我們被安排在戶外的位子。那是一家窄巷斜坡上的特色小店，舊式的土塊厝民宅看起來僅稍事整葺，與周邊的破落景象協調而不衝突，是有人愛著的房子。可能是這樣的愛，或只是想權充談資，我聊起了關於姊姊小孩的事情。大意是說兩個孩子已經非常大了，仍不會說話，也無法與人進行意思的傳達與交流，連用手去指都做不到，雖然有去上課與治療，但效果仍非常有限，諸如此類的，像個長輩會有的姿態。但我並不知道自己為何要說這些，也許只是想讓自己看起來有在關心人。

我甚至不確定自己對他們有沒有感情。

友人聽完，卻說起了他們舊家的鄰居，也曾有過這樣一個孩子。白天大家都在工作，因此遲緩的女兒一直是被丟在家裡的，然而也關不住，自己會跑出去，或是有宵小食髓知味找上門來，被強暴了幾次，也墮過胎。但老天爺似乎並不眷顧這樣的人，一家子病痛老死，快速地凋殞，只剩下她的母親有辦法工作，勉強餬口度日。最後那位女兒在某次性侵害中受了很嚴重的傷，身體一直反覆地生病，一年多後便過世了。友人的家人聞訊，到鄰居家去致哀，請其勿太過傷心，那位女兒的母親卻是一臉不解，直說：「她死了我覺得輕鬆很多。」

我一直沒跟姊姊提起這個故事。她的兩個孩子，相差不到一歲，偶爾她會說，真擔心妹妹，她太愛對人撒嬌了，不懂得防備。尤其他們開始上課後，就必須脫離姊姊的視線，參雜到人世間裡去。遊蕩、迷路，掉進未知的洞穴，這個世界的傷害那麼的多，到底該怎麼辦。

為了接送孩子上早療課程及幼稚園，姊姊開始練習開車，每天看書或上網補充知識，加入擁有特殊兒的社團平台，吸取別人的經驗，她感到軟弱的自己也開始變得堅強起來，一切都會好的。

老大要上幼稚園的前幾天，住北部的姑嫂們回來，大家一起聚在客廳裡吃東西。因為人數眾多，有人可看顧孩子，姊姊便上至二樓去清洗一些早上換下的衣物，等到她忙完回到客廳時，卻發現老大在角落面對牆壁站著，頭低低的，身體不時扭動，卻一直待在那裡。他從來不會這樣站著。她立即覺得奇怪，正想發問，二姑就先行發難，表示是自己叫他在那罰站的，因為他又在玩口水，不罰不行。

「二姑，孩子還小，而且比較特別，這種事要慢慢教……」姊姊試圖想和緩狀況。

「還小？他都已經四歲了耶，四歲！我們家那隻大的四歲時都已經在學寫字了，妳喔，就是太寵他了，才會到現在還什麼都不會。我跟妳講，小孩講不聽就是要打，打了才會記住。」

說完，二姑就拉住老大的手，朝他的手背處打了一下。

姊姊應該愣住了，被這突如其來的舉動嚇到，一時之間竟不知該如何反應，倒是孩子，以極快的速度，張口朝自己剛剛被打的地方咬下去。姊姊趕緊將他拉開，手背上卻已有深深的齒痕，下一秒，他就放聲大哭，倒在姊姊的懷裡，說什麼也不肯起來，那日混亂的場面就在孩子無法休止的嚎哭中結束了。

總是沒那麼快，人生的轉圜之處都要曲折再曲折，經過許多低谷與墜落後，才會顯現其陽光，救贖才能到來。人們都是如此深信著的。

上幼稚園後不久，某日姊姊開車送老大上學，回家時卻發現停車的空地上死了一隻幼貓。查看了一下牠的傷勢，應是她開車時，沒注意到車底下有貓，以致輾死了牠，且因為是休旅車，貓太小了，所以撞到牠時毫無感覺，如履平地，沒發現有什麼障礙感。她拿了一個塑膠袋，將小貓裝在袋裡，拿到附近廢棄的田埂花台，挖了一個洞，連同袋子一起放進洞裡，後來想想不太對，又拿了起來，將小貓從袋裡取出，直接放進土裡後再埋起來。

地上還有些血漬，接了條塑膠水管，用刷子沾點洗衣粉刷洗，接著用水柱沖掉那些髒汙，奇怪的是，車身與輪胎竟然還很乾淨，姊姊不由得懷疑起輾死小貓的人其實不是自己。但好像也是自己，她不確定。

忙完這些，姊姊又打了電話給母親，說自己似乎輾死了一隻貓。

母親立刻詢問，有沒有念往生咒給牠？殺生已是造業，起碼要念些佛經迴向給牠，幫助牠超渡。於是姊姊又回到埋葬地點，用手機查了往生咒的文字，一字一字地讀出聲來。小貓的死狀應是非常淒厲，令她不得不折服於母親的儀式，否則心裡難受得緊，卻又空蕩蕩的，莫名使人心慌。

那日想來天空應當清亮，秋陽煦人，而姊姊在田埂邊努力拔除一切業障，度眾生苦厄，希望一切一切，往生極樂淨土。

※※※

父親過世後，家中僅餘三人，鎮日裡，往往只有貓偶爾發出的聲響。貓是哥哥閒賦在家時，將附近的流浪小貓撿進來養的。

這還不夠。

家的後頭有著一大片的荒地雜林與棄屋，每逢生殖期，便偶有小貓被棄置於此，有時可能是母貓不小心遺失孩子，小貓喵叫一陣後，那聲音就會消失，推敲大概是母貓接走了。但更多時候，一天兩天，小貓終於不再哭叫，依稀知道母親應是不會來了，於是自己一隻在附近徘徊，尋找食物，還不懂如何藏身自己，便被大貓到處驅趕，不知該何去何從。牠們看起來普遍病弱瘦小，網路上說母貓會拋棄體質不好的孩子，以確保其他小貓存活的機率，有的為了增加母體自身的養分，甚至會吃掉牠們。

哥哥無業在家的日子，某日竟自己買了大包的便宜飼料，開始餵養起附近的那些小貓。因為有吃的，不免越聚越多，吃飯時間有時就高達五、六隻在家門口等，通常他餵養的多是母貓，或是看起來不擅占領地盤的瘦小公貓，這樣偏僻荒涼的地理位置，或許正適合殘弱者聚集與生存。

這是筆不小的花銷，他竟也持續了下去，家中已有兩隻貓，怕他又會想把貓撿進來養，於是早早就先告知：「家裡現在只有我在工作，實在是沒辦法再多養貓了喔。」

他聽完沒有多說什麼，只是早晚繼續在家門口各餵流浪貓一餐，偶爾抱抱牠們，藉此掂量有沒有長胖，「妳有沒有抱過那隻小三花？牠的毛很好摸」，偶爾他會有類似的發問，而我總是回答自己很少抱貓，更不會摸牠們。我有些訝異，平時沉默寡言的哥哥竟如此具有憐憫之心。

不知是個性問題還是時運不濟，哥哥總是工作個幾年，就會迎來一段不短的失業在家的日子，彷彿是種自體循環，無法有穩定的工作，轉眼便也四十歲了。近兩年來由於老厝年久失修，不僅鄰近的空屋牆體與屋架紛紛倒塌，家裡的屋簷也開始顯現崩落的跡象，請來專門修繕屋瓦的師傅來看，勸我們老屋牽一髮而動全身，最好是連牆壁整個打掉重蓋，現況不要動它還可以撐個三、五年。許是被這麼一說，哥哥接連好幾日睡不好覺，風大時唯恐屋瓦會再崩塌掉落下來，身為家中唯一的男生，他或許感到不少的壓力，覺得自己應當扛起一個家，成為最堅實的存在。

但是事與願違，哥哥顯然不是那種善於營生的人，也不喜讀書，母親偶爾會希望他去找份穩定的工作，低薪也無所謂，但他總當作沒聽見，可能覺得母親眼界狹窄，只想求取眼前的安穩。但他似乎也毫無想法，雖然不屑於母親的種種觀念，可人生應當何去何從，有如墜入霧中，看不清前路，只能毫無頭緒，日子過一天算一天。

所以他餵貓，幾乎不與人來往的他，這大概是少數與世界聯繫的方式之一，或許他也不是很在乎，只是用來打發時間，貓來貓去，為牠們取名字，每天聊聊誰有來誰沒來，哪隻看起來好像生病了，僅此而已，沒有更多的了。姊姊一家來訪時，哥哥總是待在自己的房間，叫了吃飯，出來拿了自己的食物後便又回房，邊吃邊打電動，甚少留在客廳與他們談天互動。

於是我以為他跟我一樣，對於己身以外的一切並不那麼在乎，也不會想要再多擁有什麼，例如孩子、家庭，擁有也只是負重，寧願孤身一人，平靜度日即可，不往外求索地生存下去。但有次母親與哥哥聊天，談到姊姊為了兩個孩子非常煩惱，即使將來會開口說話了，他們學習的能力還是差人一大截，會過得很辛苦，無法在社會上自立，哥哥聽完，回說：「我會照顧他們，如果我有能力的話。」

聽完母親的轉述，我非常驚訝，那是我無論如何都說不出來的。我不敢篤定，我不會厭棄任何事物。

幾年前從工作場所撿回一隻小貓養，長大後發現牠關不住，一天到晚往外跑。一開始很生氣，氣自己也氣家人，一隻貓也顧不好，讓牠趁隙跑出門，外面那麼危險，萬一回不來怎麼辦，為此還曾與母親大發脾氣，責怪她為何要放貓出去。試過許多方法，但貓總也有辦法撞開門，跑到外面遊蕩一陣子，餓了再自己開門進來，後來便也放棄拘禁，任牠自由進出。當一整天都不見貓影時，便開始擔心是否發生了什麼意外，出去尋找，在附近呼喊牠的名字，時常得不到回應，好幾日沒有回來，想著或許真的不見了，牠又會出現在門口，吵著要進來吃。這種情況反覆地發生，不免疲憊，以致總會想，希望牠就此消失，不要再回來了。

疲累到不知道自己還剩下什麼，懶得與家人說話，害怕所有的背負與牽連，面目可憎，所思所想只有自己，想要丟棄一切。

一次與男友騎車出遊，在市區的路上，發現有隻潔淨的大白狗陷在車陣裡，不太會閃避來車，看起來頗危險，那模樣應該是走失的寵物。男友稍微停下來回望，透露出擔心：「看起來好危險喔」，我則什麼話都沒說，沉默地示意繼續往前走。我總自私地以為，以我們窮酸的處境是無法救助任何事物的，況且也不想惹麻煩，必須閃躲任何的可能意外，平靜地走完路途。

發生過幾次類此的事後，我吃驚地發現一無所有的人更能憐憫，更敢牽連其他物事，而自己則是以鞏固既有的為優先，將不安變動的因子從生活裡逐出，只求安穩，覺得悲憫與他人都是很次要的事。我想我是錯的吧，這樣活著，到底能通往哪裡。

年近四十，我們的交往模式卻跟學生情侶差不多，走路、搭公車，飲食選擇以小吃店為主，偶爾男友會騎著十年前家人買給他的摩托車載我到處遊走，若要去外地旅遊，也會以便宜的客運為第一考量。

「我就只有這些」、「我就只能這樣」，這是尚未有穩定工作的男友常說的話，也不是不滿，而是感到不自由，在一起時，難免事事要以男友的經濟能力作為主要考量，即使提出由我全額負擔的想法，也會因為男友無用的自尊心作祟而被否決。也從未去到他的住處過夜，男友住在三樓的雅房，沒有自己的衛浴空間，廁所在一樓，非常狹小，且門還是壞的，無法上鎖。

看著他過日子的方式，執拗地原地踏步、怯於變化，長期忍受著不便的生活，我常常感到不可思議。這樣的生存可能真的很辛苦，於是男友時刻處於焦慮的精神狀態，不斷地訴說他的憂鬱、恐慌，及種種日常上的所有細節，一說再說，以致我們的話題幾乎都是圍繞著他打轉。

男友對我並不感興趣，人生的所有心念，都是文學，一如他的住處，滿牆的書與電影，乃至衣櫃也塞滿了書籍，非常決絕，彷彿人生再也無須其他。當他感到有所不足、想要更理解我時，他會去翻我的作品，而不是與我相處，似乎只有透過文字，他才有辦法更靠近一個人。關於我的所思所想、我的生活，常常毫無反應，但當談到某本書如何如何時，他就會顯得精神奕奕且開心地與我談論，因為男友會說：「我就只懂這些」，所以我只能接受。

文學是會凌駕一切的，甚至占據掉一個人的意志與人生，我第一次親眼目睹這件事情。

我幾乎沒辦法與男友有什麼交心的談話，他總會打斷，突然說起別的事情來，或是不停地滑手機玩遊戲、與他的朋友傳訊聊天，話題當然是文學或電影，那些我工作後便很少觸碰的事物。

「這妳沒看過嗎？」偶爾他會表示驚訝，發出針刺般的提問。他似乎很難相信我只是一個普通的上班族，除了工作賺錢，其實並不奢求其他，文學怎樣如何，我既不切身也無關心，只想過好自己的日子而已。如果我不寫作，他或許根本不會跟我交往，經由文字，他感到與書中的敘事者心靈相通、愛戀，那麼不凡而吸引人，與現實中的平庸女友截然不同。

所以他只能虛懸於空中，追尋著自己也不清楚的文學道路或範式，期待有天能去到文學的現場，那裡想必陽光燦燦，什麼都是好的，即便颳風下雨、失敗頹喪也顯得有滋有味，整個世界會因此而翻轉震動著。

然而，我只是每天打開公文系統，如同機器般鍵入一則又一則的公文，字斟句酌，查填各式表格，想著如何通過會計或審計的檢視，替長官撰寫各種致詞稿、說帖、序文、人民投訴回覆，然後一改再改，以符合不同的民意場合。或是不斷重複整理著差不多的會議資料，針對難解的問題得自己想出二至三種的解決方案，而諸如文宣上字體要多大、用什麼顏色、哪個單位資訊在前在後等，怎麼樣其實都無所謂的簡單事情，反倒會有一堆長官、主管們介入，拚命給意見，使人一改再改，彷彿這是什麼重要的國土計畫或政策。於是抱著公文跑章，每天趕赴早上九點半的公文交換，若是錯過時間，公務車走了，就只好自己搭上公車到市政府大樓，跑過一層又一層的公文迷宮關卡。這就是文學裡堂皇稱之的國家，現實中文字的用處與現場。

經由文字，我們到底期待得到什麼？

我感到膩煩，關於文學的種種，拂去蒙昧與迷霧後，始終等不到任何正面的轉向，議題的浮現、深淵的注視，甚或地方知識的展演，是否就能讓文學更拓寬一些，並且帶著自己，朝著正面一點一點地轉圜？我不確定。

時至深冬，又開始颳起強烈季風，尚未修繕的眷舍區域只好緊急關閉出入口，避免屋瓦掉落砸傷人。駐點人員於強風中來回巡視，確認沒什麼災情後於工作群組上回報，想來無事，我便拖至午飯過後才去現場察看。

走在路上，除了風聲，幾乎聽不太到其他的聲音，連步伐都無法踏實，只能被風推著，不斷往前邁進。路樹已看不到兒時常見的木麻黃，換成更符合市容街景的樟樹或瓊崖海棠，天空也因為強風吹襲顯得清亮，世界是美麗的，我卻有些無心於此。時間兀自流逝，應當也正在失卻些什麼，但我只感到自己似乎貌合神離，拖著身體，漫無目的地往前奔去，試圖跟上時間。前方是什麼，我卻決心不去知道，風一直在吹，自己得跟上，其他都不重要。

又有遊民疑似住在某一戶眷舍裡、議員質詢事項模擬問答要趕快回覆、補助計畫進度落後請說明……事情總一件接著一件，我於強風中來回奔走，似乎沒有止息的一日。

此時，男友一如往常，傳來訊息，訴說著昨晚又做起找不到工作的惡夢，無法入眠，人生不知該何去何從，文學無用，耽誤自己與他人。我略過這則，回覆起家裡詢問爺爺對年能否請假去祭拜的訊息，再下一則，確認工作會議的時間是否如期……就這樣，一直延遲著男友的訊息，於回覆欄位中陷入長長的空白。

強風吹拂，街道上無車無人。而我竟然無言以對，找不到一個字可以遞送出去。

幸福路上

電視上某個遙遠國度的叢林裡，有一隻不會飛的鳥，似雞似鷺，自己一個，一直在那林裡跑來跑去。旁白說牠是瀕危物種，正值求偶季節，所以邊跑邊叫，想找個伴。但幾天幾夜過去，始終沒有同類回應牠的呼喚，牠甚至沒有遇到另一隻與牠一般，應當正為求偶苦惱著的雄鳥，跑叫半天，日夜過去，整座林子連個鬼影也無，只有隻身一鳥。

於是我想，這應該可以寫些什麼。都不會飛了，跌跌撞撞，姿態笨拙，為何還要延續物種？但很快，這種想法就會讓位給工作下班後的疲累，然後想，也許等休假日再寫。休假日一到，度假放懶之心油然而起，飯局邀約、購物踏青，生活安穩之後的物質選項越占越多，該寫些什麼這件事又再次被往後擱置。到最後，日子一久，竟至不覺有寫的必要。

曾經想像，生活無虞之後的日子，也許可以更自由地寫。我抱持著這樣的天真，選擇了一份與文學無關的工作，每月看著存款數字增加，父母也不再為了金錢彼此怨懟爭吵，我的內心是喜悅的，一躍成為給予者，甚至獲得了某種自信，覺得自己似乎更懂得了人生與生活的間隙，理想與現實的無能縫合，那無可奈何之處，餘生不過是妥協之下的產物。像這樣，以為擁有了工作經歷就等同擴深了生命與眼界，更可以理直氣壯稱文學如何云云，書寫從此不再有侷促之感，一切都很完滿。

不再毛毛躁躁地為生活感到焦慮之後，每天有限度地勤奮工作，夜晚躺在床上，什麼也不想，快快睡去，以為生活就是如此，生活正在變好。好了，其餘的一切也會好，於是總是在等，等著那個想像的文學中的自己也能隨之好轉，跟了上來，與我並肩同行。

但那到底是什麼？

一晚躺在床上，憂煩著工作上細瑣的情事，又為這樣的憂煩感到其實毫無意義，官僚體制裡總是充斥著大量看似緊急實則空泛虛幻的瑣事，將人壓得扁平，好塞進俗世的皺褶裡，不做他想，日復一日，便已足夠。我突然有些恐慌，驚覺日子已變成我所未料的樣貌，只好匆匆忙忙思索起自己過往的生活是如何，曾經憧憬過的又是怎樣的風景？可連那起始點，都有些不堪記憶。

聽人說過，某篇作品的生成，在書寫過程之中有種福至心靈之感，並且會帶領作者去到一個全新的領域。我卻從未有過如此經驗，初習文學，讀與寫並進，文字的展現欲望飽滿豐沛，因此寫得快，明明毫無創作意識，寫完之後卻自認完美無缺，甚少修改，辨識不出好壞，總有抑鬱不得志之感。閱讀也無甚滋味，只將喜歡的幾本反覆讀著，默默記下幾個句子，就算有了交代，不曾想過文學是否能作為一門志業或說專業。應該說我什麼都沒在想、什麼也沒做，卻總感到自己被全世界拒絕了，現在回想，或許那樣的一個姿態，是想讓別人覺得自己有在認真活著，只是某種東西障礙了我。

那般懶散，鎮日無所事事，最終似乎還是文學收留了我。至今仍然搞不清楚轉折之處是在何時，總之進入研究所之後終於開始讀懂了一些東西，由於學術理論系統性的思考方式，原先不堪運轉的腦袋終於有了些方向，懂得理路與架構，明白了什麼是自己所不喜與不要的，再回過頭看自己的作品，只覺像是由文字組成、無限膨脹著的迴圈，如同陷進一座迷宮裡，找不到自身的定位，只有滿心的自我與情緒，不忍卒睹。

終於明白，文學是有所限制的，不可能做到世上想要的、完滿的一切，而要如何在這種限制之下，開展出自己想要長成的樣子，才是重要的，亦是起點。意識至此，我終於有些放鬆了下來，將重心回歸到生活，正視自身的平凡與有限，能做到的事情其實很少，我只好將生活調整成規律的形狀，將書寫這件事填入，每天在固定時段練習這件事情。於是寫作變得跟我的生活一樣無聊，我必須反覆操練，歷經幾日的檢視與修改才能寫好一句話，寫至一段落後，回頭重讀，卻常常發現總沒寫出一開始想要達成的、想像中的那個樣子。有時我會從頭再來，但更多時候，我選擇繼續往下寫，忍受著自身的挫敗與不成熟持續往下，而當無法忍受時，便暫停書寫，跑去閱讀別人的作品，試圖拉開距離，想從別人的視野中觀看自己的寫作是怎樣侷促，而至無路可走的境地。

我不免有些後悔，書寫竟是這樣累人又枯燥，敲敲打打，反覆檢視，簡直是世上最累的一件事。與此相比，閱讀簡直愉悅得像是天堂，即使是理論書籍，都感到一種獲取知識的快感，如果能永遠當個閱讀者，那必然是人生最快樂的事情。可同時，書寫的苦工成果開始獲得一些獎項的肯定，在學生時期那幾乎是我主要的收入來源，獎金成為我寫作的動力，除此之外我不太會自主地想寫些什麼，或去思考風格的創造、寫作計畫的擬定等，我甚至不覺得文學跟我有什麼關係，只是用來賺取零用錢的手段，一旦有了穩定的經濟來源，應該就沒有理由繼續了。

為了這是自己唯一的長處而繼續，也未免太愚蠢。

我沒有看清自己，以為找個與文字無關的工作，能讓書寫更為純粹、不受干擾，可以完全的自由。但那麼純粹要幹麼？無聊得要命。

有次電影劇組想來借場地拍攝，陪著他們在園區場勘適合的場景。說是園區，也只是一大片居民遷出後被遺留下來的舊房舍群，年久失修，傾頹而透著青苔的色澤，再更過去，預計將來要被拆除的區域更是雜草叢生，牆角處與院內都被傾倒了大量的營建廢棄物，樹木蔓過那些垃圾，兀自生長成非常自由的樣貌，彷彿有靈，不容侵擾。我們在無人的巷弄街道來回穿梭，選定幾處屋子後，又進入到裡面查看屋況及內裡格局，大多時候我總是在一安全處等待，邊檢視手機的訊息，邊在外頭回應他們的問題，任劇組人員自行進去拍照探看。終於，我也開始懂得如何安全地活著，趨吉避凶，以一種穩定舒適的模式過下去，不再感到疼痛。

結束這樣的流程後，回到明亮的辦公室，繼續處理繁瑣的公務，同時想著晚餐要吃些什麼。回到家，洗完澡，上網瀏覽一些美食資訊，偶爾看看戲劇、動畫，接著上床睡覺。這樣活著，算是幸福了吧，但我突然感到似乎不再需要文學了，再也想像不出文學與自我的關係，連帶地，也不覺有寫的必要了。幸福路上，文學消失了，而我竟然不感到可惜，只是繼續活著，毫無疑惑地朝向明日，繼續活著。

變身

春日之際，只要稍微晚下班，日頭落下後經過巷子，便有許多小蟾蜍停駐在路中間休息，往往要等到腳步非常靠近了，小點小點的身影，才會如開道般向兩旁跳去，避開危險讓出通道。但也不徹底隱藏起來，僅僅跳至路旁不會被踩到處，靜待人通過後，再復歸原位。

附近並無自然的池塘或水溝，卻仍有眾多的蟾蜍在此繁殖生成，約莫一條排放家庭用水的小溝，以及宗廟後花園的一方小人工池，已足夠牠們世代繁衍享用不盡。大隻一點的，會沿著小溝的管路跳進廁所，趁夜半無人時在裡頭大肆捕獵蟑螂，等到有人進去了，才匆忙跳進溝裡，循著原來的管路逃出去，但某些白日裡，也會看到牠進來廁所休息，蹲在牆角，彷彿一顆石頭，在此納涼等待獵物。

沒有天敵的蟾蜍家族，偶爾還是會被發現平鋪在馬路上，被車輪輾過，變成乾扁的狀態，可即便死了，換成另一隻跳進我們家繼續蹲踞生活，也不會有人發現，對我們而言，牠們是同一個東西，沒有個體的區別。

雨季來臨前，哥哥非常焦慮，不時到後方查看屋簷的狀況，老屋年久失修，竹椽和桁木已然朽壞，露出了一個縫，雖說二叔有幫忙做些簡易的處置，但大雨的當下，仍然憂懼屋架是否會垮下，畢竟我們只有這間老屋可以棲身，別無他處可去，蟾蜍倒是特別興奮，在窗外的簷下不停鳴叫，祈雨求偶，只須依循本能盡力繁衍下去。

父親過世後，許多父輩家族之間的事務，變成尚未成婚的我與哥哥應然承擔之事，祭祀、遺產、各式稅賦，以至小叔叔的精神狀況，在失去了父親這層後，成為我們必須直面的煩惱。父親遊手好閒，浪蕩的惡名讓他在家族中經常是同仇敵愾的對象，許是有著這樣的父親，長輩們覺得可憐，自小對我們家便諸多照顧，但奇怪的是，在父親消失後，不僅義務，連同對父親的敵意也彷彿一同轉嫁到我們身上，有意無意間，總能感受到無聲的指責與埋怨。我們不是自己，而是替代著父親，繼續存活於家族裡，一個可以怨恨與歸罪的對象。

這些事情，是長久以來我一直在對父親做的。如今父親死後，我似乎蛻掉了一層皮，換上父親的皮囊，也輪到自己，站上審判台讓別人扔石。我不知道我該想什麼。

事情好壞，好像已沒有意義，唯有日子一直在經過，循環復來。心緒漫進一片迷霧，不知悲喜，淺眠，總在夜裡醒來，或坐或躺，等待時間過去，卻也等不到天明又墜入無夢的黑洞。那裡，總以為什麼都沒有，然而醒來時早已陽光燦燦，終將開始生活，擁有細瑣的一切。

暑氣襲來，有日隔壁樓房的鄰居走來聊天，抱怨家裡後方的雜草雜木太過茂盛，容易引蛇，他們家才會跑進一條眼鏡蛇，叫我們家要負起責任，將後面整理一下。但附近常有流浪貓走動，怕一般的除草劑對貓有害，哥哥特地買了無毒的天然藥劑，跟舅舅借了噴藥機到後頭噴灑，一次兩次，三週過去了，低矮的雜草隨著時間終於開始漸漸枯死，然而構樹仍是不動如山，青翠常在。總感到難以擇撿，生活無法如篩，篩下我們想要的之後，其餘的粗粒與渣滓，仍會以他種形式，進入生活的各種細縫裡，逼你靠近。

哥哥房間的窗戶正對著後方的空地風景，窗外四季的景色特別分明，也毫無隔音效果，外頭只要有物體行經，都能聽得一清二楚。一次，他聽見似有東西滑過落葉草叢的聲響，往外看，果然有一長形物種自窗外緩緩爬過，除草藥劑果然天然無毒，對於爬蟲類毫無影響，便往叢林的更深處，不顧人們的驚恐視線，悠然爬去。而清晨時分，也偶有流浪狗三兩成群，在後頭逗留、巡視地盤，牠們總是安靜地出現，不吠叫不奔跑，僅聽得見腳步踩踏與些微喘氣的聲音，巡查一陣後，晨曦漸明，便又安靜地消失。

荒蕪不是什麼都沒有，而是帶來更多的東西，對人們無用，徒增困擾與麻煩，然而它在那裡，卻始終無法繞過。

此後我經常幻夢，後方雜林的深處，有著剛蛻下的蛇皮，鱗光片片，在秋陽的照射之下金黃燦然，好似活物，裡頭卻是空的，什麼也沒有。我一個人在滿地枯黃的落葉裡奔走，想要尋找什麼，也許是那蛇皮的主人，我不確定，總之走了好久，一直走不出去。

母親說我太累了，要多出去走走，散散心，運動一下，於是選了鄰鎮的淺山步道，與男友一同前去。夏季漸移，天氣開始乾爽起來，有許多家庭帶著孩子也來走步道，入口處位於高速公路的橋下，頗有蔭涼，因此有些攤販便在此聚集，兜售一些吃食，亦有土風舞的團體也放著音樂，歡快地練習著舞步，是受到附近居民歡迎的休閒之處。

這條步道已走過多次，路線平緩簡易，走走停停，繞一圈下來大約兩個多小時，然而那日，剛開始走沒多久，正經過一棵大榕樹下時，步道旁突有一蛇從草坡滑下，迅疾朝我們衝來。我嚇了一跳，立即往反方向逃開，男友擋在我的前面，去查看了一下，說那蛇好像又爬回原來的地方，已不見蹤影，後來居上的健行老伯紛紛越過我們，超前而去，男友便說應該是沒事了，問是否要繼續走？然而由於我太過驚懼，那趟健行便斷在那裡，又折返回來，沒有繼續往前走去。

日子的細縫之處，似乎總有些什麼，在意想不到的時刻突然襲擊，即使厭煩疲憊，依舊不會停止。因此想喘口氣的時候，也並不知道會有什麼即將擊倒你。

時序行至歲末之際，又開始為了祭祀與年夜飯圍爐等事情煩躁。母親邊操持祭祀的用品與飯菜，一邊要我與男友帶著她買好的甜物與水果，去附近的土地公廟拜拜，祈求壞事過去，未來的都是好運。依照母親的指示，我們去到一座位於東北方的土地公廟，是家裡人甚少去過的，然而她說按我的命格，拜東北方的廟宇會比較好。

是非常小巧的廟，卻打理得頗乾淨清幽，抵達時已近中午，仍陸續有住在附近的居民端著飯菜前來拜拜。我和男友將供品擺放整齊後，點了家裡帶去的香開始參拜。香煙裊繞，我一直拿著，卻不知道該講什麼，也不確定自己心中是否有神，發呆了一陣後，便將香插在爐裡，又繼續發呆，打算等待時間過去。人們來了又走，沒多久後，桌上只剩下我們的供品還擺著，男友問是否差不多該走了？我才回過神，說：

「應該可以了吧。」

回程時，正午的冬陽已將身體的寒意驅走，舒服得令人昏昏欲睡，街道上到處都在焚燒金紙，我們穿越而過，彷彿也沾染了些祝禱的氣味。我卻突然憶起，參拜時竟忘了祈求神明，將蛇影自夢中褪去，好不再苦苦於一片荒林中追尋詭異的未知之物，我什麼也沒做，僅是任憑時間流逝，假裝自己無神也無影。然而，也只是這樣想起，我們離那座廟宇，一直越來越遠，直至看不見為止。

死巷

疫情開始趨於嚴重時，我們家漸漸養成叫外送的習慣，大多時候是用外送平台，偶爾會直接打電話訂便當，有的店會自己外送。起初秉持著無接觸的方式，在鐵門外擺放一張椅子，上頭再放一個空紙箱，權當置放外送食物的箱子，但我們家的地址不好找，好幾次哥哥還是得走到巷子口，外送人員才知道是在哪條巷子裡。

可能叫的次數多了，後來外送人員漸漸都知道正確的位置所在，將食物順利送達紙箱裡去。母親吃素，有天心血來潮，打去常買的素食便當店家問說，只叫三個便當可否幫忙外送？沒想到店家也一口答應，報了住址，將便當的錢放在紙箱裡，沒多久就聽到打檔車的聲響騎來，喊一聲：「便當來囉」，便又瀟灑地騎走。出去一看，是老老闆的身影，不用手機導航，卻還是找到了難以抵達的這條死巷裡，便當就放在箱裡，連同找的零錢也一起放著，數字正確。

後來盛夏來臨，巷子裡無人居住的屋子更顯傾頹，挨著巷道的瓦片，要落不落地卡在塌陷的木架上，隨時要坍塌墜毀的樣子，加上暑熱雨盛，路旁的雜草與樹木瘋狂地抽長，綠意恣生，半掩去人所行走的路徑。實在是過於荒廢的景色了，哥哥許是不想讓人看見此景，或是怕外送的人行經此處會有被傾倒的牆面或磚瓦砸中的危險，就將外送地點設在巷子口，他自己走出去拿外送的東西進來。不再使用的外送紙箱遂被收進來，拆解折疊，丟上資源車回收掉。

也許是外送吃膩了，且食物類型有限，某日聊天時我提起自己偶爾會看教人做料理的影片，因為疫情關係，這類型的影片大量增加，有的看起來很好吃之類的，哥哥也去看了，自此便展開了他自炊的生活。剛開始煮時都用家裡現有的調味料與器具，可一旦煮久了就會不滿足於現況，哥哥便陸續自己購入新的調味料與鍋具、料理器物，以應付較為日系的食譜口味。

母親其實不愛做飯，以前也幾乎都是父親在煮，父親過世後她偶爾會下廚，但習慣一次煮很多，如此未來幾天便吃那些即可，可以不用再煮。而哥哥就與父親一樣，不喜歡吃隔夜的東西，所以都煮一餐就可吃完的分量，調味的方式、做菜的順序也與母親不同，於是他們兩人同時待在廚房就非常容易起爭執，對彼此的料理手法看不順眼，誰都無法幫誰打下手，到最後有種默契，他們兩個不會同一時間煮飯，一人煮好了才換另一個去使用廚房，這才算相安無事。

男友算是常來家裡吃飯的食客。第一次帶他來家中作客時，一路上傾頹的景色與荒煙蔓草，狹小擁擠的平房空間，雖有事先告知過，但也不知他實際上做何感想，所幸男友是個隨和的人，一切都還算適應且自在，尤其會將食物吃光、沒有剩菜的人格特質，似乎深受母親與哥哥的歡迎，此後只要家中有比較多疑似吃不完的東西，都會要我請男友再來家裡吃個飯。

有次問他，會不會覺得我的房間好像倉庫一樣？塞滿了各種從小到大的東西，凌亂又昏暗，實在不是舒適的空間，男友卻說覺得很溫馨，因為他們家也是老舊的平房，所以很熟悉老房子的居住情形。

交往沒多久時，趁著年節放假，男友邀約我到他們家去玩，說是去玩，其實也只是跟他父親一起吃個飯而已。母親在他兒時就去世了，兄姊皆已各自成家，家裡只剩下父親一人獨居，他也甚少回去，逢年過節，買個吃食小菜，回家與老父吃頓飯，如此就算是過年了，是這樣的一個家庭。如他所說，他們家也是被廢棄老屋圍繞的一幢平房，周圍都已搬空，只剩一戶還在那裡居住生活，彎進一條小路後，有扇形同虛設的鐵門，過去了，兩旁散落著無人居的荒廢房舍，沿路亦有雜草與蚊蟲齊飛，再走到底，便是家了。

確實是與我家相似，是條死巷，沒有轉圜，底部是沒有經濟能力搬走的最後一戶住家。他的父親似乎才剛祭拜完畢，男友說家中窄仄，父親年紀大了也不擅整理，家裡沒有可招待客人的位置，所以我們便在外面，就著拜拜的桌子圍坐，一起吃路上買來的便當。他的父親話少，席間幾乎沒有問過我什麼問題，我自己的家族也是較為沉默的性格，倒也習慣不覺得尷尬，一頓飯轉眼就吃完了，暖陽的冬日蚊子仍多，我的腳被叮了不少，然而男友似乎也不好意思去向父親要蚊香來點。飯飽後，男友領著我簡單地在門口看一下屋內，便算是有去過家裡了，並不想讓我進去，可能是怕丟臉。

我們收拾完垃圾，向男友的父親道別，便拿著垃圾一起離開。走到熱鬧的街市後，男友的表情才放鬆下來，說起因為父親不方便去追趕垃圾車，所以垃圾盡量不留在家裡，他都會順手拿去外面丟。我不得不有些訝異於他們家相敬如賓的相處模式，深怕造成別人的麻煩似的，連開口詢問有無蚊香都會是一種負擔。

說來奇妙，也不知是否因著潛意識裡的荒頹之感，才將我們牽連在一起，想要彼此為伴。

與固執地生活在同一個地方的我不同，因為求學關係，男友從高中時代開始便離家在外生活，住過許多不同的地方，獨居的日子已占去人生的大半歲月，長久以來都是一個人活著，如同他的父親，沒有什麼說話的對象。第一次與他一起出外旅遊的回程路上，不知為何，又向他提起此事：一個人的生活應該很辛苦吧？在熙來攘往的車站裡，男友竟突然哭了起來，我不知道該怎麼辦，只好遞給他一包面紙，站在一旁看著他擦眼淚。此後，每每一同出去遊玩，臨分別時男友總會哭，一次兩次，我忍不住問為什麼要哭？只說因為相聚過後，回到一個人的日子裡，會特別感到寂寞。是這樣的一個人。

看著他，總覺得像是看到過往的自己，害怕著各種事情，脆弱而向內，自己逼迫自己，感到世界無處可去。真是可怕，那個已經丟掉的自我似乎跟了上來，又重新活過一遍。

雨季過後，家裡旁邊的土塊厝坍塌，土牆也整個倒塌下來，擋住了出入的路徑，哥哥雖清掉了一部分土塊，卻因為剛打疫苗，以致手臂疼痛而無法繼續。男友聽說後便自告奮勇，說要來幫忙清理，我說不急，反正這條巷子裡也只剩我們一家而已，不是什麼急迫的事情，然而，他還是週末就來幫忙。

不知為何，男友對我總懷有歉意，覺得與他交往是對我的一種耽誤，於是好像需要讓他做點什麼，以此稍稍平衡心中莫名湧現的虧欠感。他一早就來，穿戴上母親為他準備的防曬帽子與手套，拿著工具便開始鏟土，依照母親教的，大點的土塊直接用手搬走，碎掉的土屑再用畚斗鏟起，倒回那間土塊厝的內裡，讓它回歸故居。時近中午便已清理得差不多了，全身也沾滿塵土，但他不滿意，說是還不夠乾淨，下午要再繼續清。準備了乾淨的毛巾與衣物，要他去沖個澡比較舒服，也是一直推辭說不用，擦一擦就好。

深怕造成別人困擾與麻煩的男友，始終維持著與人淡薄的來往，這樣的他卻還是選擇來到這裡，這條無法通往他處的死巷，與我的家人一同吃飯、說話，一起試圖維護、收拾著這即將破敗的老厝的一切。

鏟土工作終於告一段落時，已經是傍晚了。土塊的領土範圍退回到原有的牆腳界線，視野又恢復成看得見轉角路燈的狀態，男友似乎滿意了，要起身告退，回去他遙遠的租屋處，我提議幫他拍張照，他卻說拍工作成果就好。於是照片上無人無影，唯有被餘暉照耀的土堆，及曲折而狹窄、被人細心清整過的、長長的巷道。

輯四：遠遊

出走

一：歌唱完了牠又再唱一遍

我一直沒有自己的房間。

若要寫作，通常是天色濛亮即起身，獨自在客廳，一邊聽音樂一邊用筆電打字，腳邊只有貓偶爾膩近，隨即遠去，並不多作停留。上大學後，讀書寫字的空間轉移到客廳，家人自由來去，隨意談話，電視節目輪播，在各種聲音之中，讀書、上網、寫論文、創作，皆在這裡完成。因為也沒有其他地方可去。家居古厝，空間窄仄，一條龍式的建築格局，毫無隔音及隱私可言，在哪兒都一樣，所以我總是戴起耳機，聽著搖滾樂，間雜母親的誦經聲，就這麼讀書、寫東西，彷彿沒有別人存在一般地做自己的事。

從來沒有想過要去遠方，也未曾出走，不是基於什麼溫馨幽微的家族羈絆，而是一個眼裡沒有別人的人，不管在哪兒都一樣。越長大，與家人之間的對話日常便越趨稀薄，即使在窄窄的廊道擦身而過，亦無一寒暄語，如行無人之境，母親總抱怨這種父族輩遺傳下來的孤僻基因應當早早斷絕，否則家裡豈不像座冷宮，終年悄然無人聲。但到底有什麼好說的呢？我說的母親不懂，母親說的我不想聽，長此以往，也只能無語了吧。我總覺得，自己難以被他人所理解，而我對別人亦興趣缺缺，世界總有一道牆擋在我面前，阻絕了通向他人的道路，標準的青春期階段會有的那種，全世界都與我為敵的孤憤感。

青春不知所起，一往而深，而且像總也過不完似的。

大學時終於離了家，住到了學校宿舍裡，但還是在中部，每個週末都回家，彷彿是個對家充滿眷戀的孩子。宿舍房間是四人合住，很難有自己獨處的時候，因此偶爾蹺掉課程，自己一個人待在宿舍，或是回去白日無人的家中。約莫大三開始，我特別喜歡讀詩，當時頗為鍾愛廖偉棠的《苦天使》，也曾將這本詩集當作禮物送給別人，在海線地帶冬日季風的呼嘯聲中讀此作，總有種末日的荒寂之感：

候鳥在夕光中側翼，
一個季節就這樣悲傷的來臨，
歌唱完了牠又再唱一遍，
世界消失了牠也只能這樣。

蹺課的整個下午，我經常只反覆地讀著幾句喜愛的詩句，然後看大量的推理小說或是借用室友的電腦看電影，看累了，就又翻開詩集讀個幾句，反正不急，並不急著要前往哪裡，也不急著將一本詩讀完，悠悠晃晃，輕易地就可沉浸在作品所構築的世界裡。如今想來，那真是非常奢侈的青春歲月，當然青春並不知道。

二：晴巒蕭寺

想不起來起頭，不過大四那年，突然想報考藝術史研究所。

當時就讀的學校裡並沒有相關系所，因此考前的兩三個月，我幾乎每週都到學校的圖書館借閱相關書籍，書是借了不少，但有沒有讀進去完全是另一回事。在人生徬徨的十字路口，通常不向任何人詢問，只是自己一直在裡頭瞎轉，試圖靠自己的力量理出一條可以前往的道路，大抵總認為，他人是不可理喻且不可靠的，不如安安靜靜，一個人好好地焦慮、猶豫，然後做出各種更不靠譜的決定。

文字與視覺的閱讀，其實還無法做到很好地切換，總抱持著隱喻的心態，來看待繪畫這件事。在準備考試的過程中，時常因為東西方批評傳統的體系差異而感到頭昏腦脹，唯一的慰藉就是去圖書館翻閱那一本本大型且印刷精美的繪畫圖鑑，被畫中的氛圍給吸引進去，暫時從現實脫離開來，藉此逃避無用的自己。立體雕刻或器物之美放置在平面印刷時，不容易感受到它們的美妙之處，但是圖畫不同，即使被縮放在一般的書本裡，圖畫本身所構築經營的世界，還是可以有效地傳達給我，我走了進去，有種亙古的安全感。

無論中西，我尤其喜歡描繪冬日枯林的風景畫，以致後來有很長一段時間，我的電腦桌布始終是Caspar David Friedrich的《橡樹林中的修道院》（*The Abbey in the Oakwood*）以及李成的《晴巒蕭寺圖》這兩張畫在輪換。李成擅畫寒林，其實另幅《讀碑窠石圖》應當更符合我一貫涼冷抑鬱的審美品味，然而不知為何，我更喜愛

《晴巒蕭寺圖》多些，中景的樓閣寺院與枯林，經過長時間的壓褶與褪色，反倒更顯蒼涼沉厚。我經常會看著書本裡的這張圖片發愣，想像從山腳處抵達寺院的路徑風景與心境，畫中人物渺小而做勤勉狀，我總感到這樣的人物點景可有可無，並且隨著畫作的舊損而更不為人所注目辨識，一想至此，心中不免有些異樣之感。

小學四年級時，有日，初冬時節的午休時間，班上一行人吆喝著要去某位同學家裡坐坐，忘了什麼原因，我也跟著去了。大家帶著便當就這麼大咧咧地從校門口走出去，竟也無人攔阻，只見其中帶頭的一人向糾察隊打聲招呼後，我們便從門口往北方的馬路走去。

走了許久，終於在一座橋處左轉，彎進了一條無人的小徑，然後又走了許久，始終未至，大家開始顯得有些疲態，且越走越荒蕪，兩旁的風景僅剩小溪與墓地，墓塚之間過於擁擠而雜亂，幾處墓碑的位置因此非常鄰近路邊，有種走在墓中的錯覺。印象中，那趟行旅最後並沒有抵達目的地，而是在墓地間的一座小廟匆匆吃完便當之後，便返回學校上課，此後再也不曾從學校私自出走。

看著晴巒中的蕭寺，我總會不自覺地想到那日的陽光，晴暖朗朗，然而卻風聲呼嘯，拂過凌亂的墓碑草長。明明有人，卻又像無人之境般，不慌不亂，予人一種肅穆的存在，那麼接近死亡。

三．．Felix

在決定考藝術史研究所之前，我和M先去看了《醫生》。為了看這部片，我第一次走進萬代福戲院。

已經忘了是誰提議要看的，但那年《醫生》獲得台北電影節紀錄片的首獎，我和M應當都有注意到此片，所以上映時可能某個人隨口問了一句，便挑了一個沒有課的午後，兩人相約至萬代福。我其實很少到電影院看電影，一來因為沒錢，二來因為交通的關係，通常我只去公車到得了的地方，對於紀錄片也沒有特別偏愛，也許只是正巧站上了人生的節點，才發現自己手上空無一物，然後開始像海綿般地汲取碰觸以往不曾感到興趣的東西，想握有點什麼，確保自己不會被社會賦予的進程所沖毀。

於是我滿懷心事地坐在電影院裡，魂不守舍，看著一幕幕黑白影像漸次閃現。影像中的主人公是一位長居美國的台灣醫師，正在為一位秘魯男孩診治腫瘤，這個男孩看起來大概存活機率不大，臉上雖有病容但沒有陰鬱的神情，因開心而露出笑容、因冗長繁瑣的治療而感到不耐沮喪，幾乎就是個普通的男孩。

鏡頭又時不時地跳到另一位看起來同齡的男生，是那位台灣醫生的兒子，但只出現在家庭錄影帶及父母談話等二手資料中，一直都沒有導演拍攝他的鏡頭。經過揀擇的幾個回憶片段堆積，知道了兒子名叫Felix，是個喜愛看書、對事物充滿好奇心的聰明小孩，包含死亡。他在十三歲時被人發現吊死在自己房間的衣櫃裡，當時他的祖父母剛好第一次從台灣飛到美國去看他們，也正逢美國的國慶假期，是個充斥著歡快氣氛的日子。

印象中，看完之後M並沒有表示喜歡這部片，我好像也沒有，我們甚至沒有交換什麼觀影心得就各自回家了。那應該是個秋天，剛升上大四，還沒有決定好未來要幹麼，看完之後，也依然沒有著落，幾年過去了，我與M的友誼持續著，但後來的我們始終一直沒有人問出：他為何要死呢？

影片中的那對醫師夫妻，糾結於孩子是出於對死亡的過度好奇，或是不可知的煩惱憤怒而驅使他走向死亡，這兩種可能，但無人可以知曉。

或許這是個不必問的問題，但我總忍不住想。一年，兩年，甚至十年過去了，影片中的 **Felix** 始終讓我想不明白，所以我偶爾會想放棄，在寒流暫歇的冬季白日，背上輕簡行囊走在鄰近的丘陵緩坡，風聲刺刺，天空藍得發亮，只有幾絲白雲偶爾飄過，氣溫不高，背部卻由於陽光照射而微微發汗。這樣活著，似乎沒有好，也沒有不好。

紀錄片最後，鏡頭切到墓園裡，醫師夫妻正在擦拭某座墓碑，看衣服裝束應當是個夏日，他們細心地整理完墓碑之後，便拿出相機，夫妻倆輪流與那座墓碑合照，另一人幫其拍攝，他們的背部，或許也因為勞動及烈日而正發熱出汗吧。然而他們的回程路上，視線正前方的道路景色僅有開闊的天空，且由於黑白色調的緣故，白色雲朵看起來像是一大片黑煙，橫亙在鏡頭畫面的上半部，重重地，正要籠罩下來。

遠遊

小學某次寒假，農曆初二，母親回外婆家去，因而獲得了某種自由，便尋思應當做些什麼。兄姊皆已各自結伴遊玩而去，並不在家，百無聊賴之下，我找了位不甚相熟的鄰居小妹，一同出門騎車遊蕩。

也不知為何，突然就有了雄心壯志，跟小妹說我們到沒去過的地方看看。約在午飯過後，騎上腳踏車，沿著平時上學路線的反方向前進，覺得自己正在冒險，即將去往未知的領土。隆冬時節，眼前都是一片乾枯的景象，不怎麼好看，街道無人，連雜貨店都半掩著門，老闆坐在藤椅上瞌睡，店門口被風吹起幾片紙屑與塑膠袋，滾滾塵埃，沙土夾雜垃圾，揚起一片臨海的小鎮景象，但我們無心這些小事，我們要去遠遊。

小路彎向西邊，往更靠近海的方向延伸。剛開始時一路上兩旁都是民宅，過了有房子的地方後，風景變成了稻子收割後枯黃空蕩的稻田，再接著，就都是微微隆起的小土坡，土坡上有的建有墓碑，有的沒有，但永遠都有垃圾，看起來多是盛裝食物的紙袋與杯盤，被壓得扁扁，偶爾被風吹起，滾動一下，也就那樣，又會永遠地靜止在原地。垃圾從來不曾離去。許是這樣的景色讓小妹感到無聊了，於是她停了下來，問：「我們到底要去哪裡？」

我沒有想過這個問題，一時之間也不知如何反應，於是只好妥協原路折返，不再往前，因為也不知道要去哪兒。大概往回騎到稻田處後，小妹突然說她要循另一條路回家，那樣離她家比較近，就走了，此後我們再也沒有一起玩過，她應該覺得我是個無聊透頂的人。遠遊很快就結束了，雜貨店的老闆甚至還沒睡完午覺，我騎返熟悉的道路，心裡只是疑惑，為何會有那麼多垃圾。

後來往西的方向開拓了另一條大路，以為從此地方就要發達起來，但幾年過去，大路依舊車輛稀疏，反倒變成附近居民傍晚時分散步消食的所在。唯一的差別是垃圾消失了，蕭瑟的木麻黃換成了規整的植栽，環境正在變好，國民的道德素養亦朝正向提升，一切都潔淨無虞。長大成人的我於是持著自信平穩的心往西走，不遠遊了，但求強身健體，不看向前方，只留意著自己現下的一步，不要跌倒，能吃飽穿暖就好。

返程時，卻發現大路的另一側有著一大片房舍，掩映在樹叢之間，多數屋瓦已然塌陷，雜草便從各個裂縫處竄出，生長成旺盛的奇特樣貌。我有些迷惑，不知覺沿著一條小徑走了過去，只見樹影在地上相互搖曳成一片深海，沒有任何人影與貓狗。每戶圍牆之內，棄置著大量的營建廢材與垃圾，與牆等高，似山似墓，遠望過去沒有盡頭。我站在那裡，像是終於抵達了一個未知的領域般頹然而震動，一如遠遊。

烏雲密布

悶了許久，雨還是一直下不來。

冬季雨水甚少，跨過春天後又遲遲未雨，居住的區域開始實施限水，一週停水兩天，許多人紛紛去賣場搶儲水桶、瓶裝水之類，但家中並無預做什麼儲水策略，僅用現有的一些桶子裝了水放著，算是聊備一格。我們家總是這樣，對於生存顯得懶散，日子隨隨便便的，能過得下去就行。

公共場所更是不便，即使停水，仍要對外開放。為了限水政策，各單位開始規畫因應措施，包含儲水容量、停復水時要開關設備、對民眾有無影響，都要一一回報確認情形。於是跟同事逐個開啟那些無人的空房舍，打開電箱，一一確認水塔馬達的開關是哪個，並在旁邊貼上貼紙做記號，關閉電源，這樣查看十幾間後，便用手機回傳，然後由主管往上層層回報，如此，公部門是一條非常迂迴轉折的山路，訊息的抵達，總要越過千巒疊嶂。

母親總會在停水的第一天洗衣服，念過幾次，總說沒注意到是停水日，老了，記性越發地不好，哥哥於是打開水塔的頂蓋查看水位，卻並無下降的跡象，看來實際上沒有停水。許是這樣，後來家裡便沒特地儲水，母親也依舊在停水的第一日洗衣服，想洗就洗，母親越老，倒是活得越無拘束。

限水政策持續了兩三週後，氣象報導說終於有雲雨帶降臨台灣，於是隔日早早起床，打開門望向欲雨的天空，陰暗昏沉，濕氣很重，就快要下雨了。不久，果真雨落下來，拍在水泥地面，聲音頗為響亮，不知躲藏在哪的蟾蜍也開始鳴叫，然而不到一分鐘，地面還未濕，雨就停了，蟾蜍的叫聲也跟著停止，空歡喜一場。接著，太陽又出來了，真令人失望，限制看樣子還會持續一陣子。

到單位工作尚未滿一年時，有次秋季颱風，並沒有什麼雨水，倒是風大導致家附近的區域停電停了三、四天。已經許久未曾停電那麼久過，當時父親還特地騎車到街上的台電公司去抗議，但到處都是災情需要他們搶救，因此也只換了句：「慢慢等吧」，便無功而返。颱風離開後，家裡仍未復電，近午時分，我與家人一同散步出門買午餐，人行道上樹木葉子的尾端呈現乾枯捲曲的狀態，像是被火燒過一樣，有些被吹折下來的枝條，已被人拖撿至一旁集中，等待被車載走。

我們走到已經復電的市場附近尋覓餐點，市場大樓本來就不太繁盛，如今颱風影響，有營業的店家更是稀少，我們走進一家不常光顧的麵店，買了簡單的麵食與雞肉飯，再散步回家。途中經過一處鐵皮圍籬圍起來的荒廢眷舍，有些屋簷受強風侵襲而顯得有些塌陷，屋瓦被吹落下來，頗有災難之感，不少人同我們一樣出來散步，看看周邊的狀況，偶爾與旁人評論一下災情，那閒適的姿態又與災後的風景有些違和。到了晚上電依然沒來，母親於是載著我去沒有停電的爺爺家借用浴室洗澡。「真奇怪，為什麼每次停電都停我們家呢？」母親邊騎車邊說著，從一大片未亮燈的黑暗出發，自行穿越沒有交通號誌的大馬路，不免有些心驚，但平時容易恍神的母親終究平安地將我帶到目的地。

三層樓的透天厝只住著爺爺與小叔叔兩人，不算大的空間時常透著荒蕪之感，沒有人居的氣息，除了爺爺的房間外，其他的房間幾乎都堆放著各種雜物，過量的物品居住其中，更顯寂寥。小叔叔則是睡在二樓的客廳，地上布滿電線，擺放著各式看不出名堂的電器，發出機械獨有的擾人音頻，說是如此可以免於被監聽與腦波控制。我還是第一次在這個地方洗澡，印象中我似乎從小就未曾在此度過任何夜晚，對於這個家的許多角落，我都感到非常陌生，樓梯陰暗而窄悶，冬天時整棟樓又會被季風吹得陣陣價響，許久未去，哪層樓有什麼格局配置都已不太記得，實際親眼看時，又覺得與記憶中的不大相同，然而，也只能如此，將錯就錯，讓這個地方越來越遠離我的想像。

回到家後，我們這區還是漆黑無光，對比周圍已經復電、亮起燈光點點的景象，簡直像是一個巨大而凹陷的黑洞般，我們被這樣的家吸進去，失卻了正常的時間與空間。晚餐吃過簡單的泡麵後就再也無事可做，大家坐在客廳圍著手電筒發出的光源，拿著扇子搧風、聽聽廣播，偶爾閒聊小時候的颱風夜晚，也是如同這般在黑暗中百無聊賴，唯一不同的是，孩童總不免有股興奮之感，暗暗期待災難的殊異生活與景象可以一直持續下去。長大之後，對於崩景的迷魅感消失無蹤，厭惡任何的變動，不再單純為了一件事而開心雀躍，只希望日常規律持續，不要有任何的意外。

日子總會復原，又變成正常的樣貌，彷彿那些細小的意外與岔路不曾存在過一樣。在那不久後，當時經過的荒廢眷舍變成我的主要業務，我不得不踩進那個地方，直面房舍在人們退去後，任其傾頹、破敗的形貌。

忙完公文及一些文書作業後，我經常在近下班時刻，獨自到那無人的巷弄裡走走，一開始是為了巡視房舍與園區狀況，但時間一久，尚未整葺的屋舍似是將人為的修整痕跡漸漸擦去，反而予人一種放鬆之感，荒蕪的景象意味著人群的退去，也有拒絕之感，拒絕人們的足跡再次侵入。然而，除了貪新鮮來拍照打卡的遊客外，偶爾還是會有人們為了避開人群的眼目而特定來到此處，關係不明的男女、嬉鬧尋事的中學生、隻身閒晃的老人、偷抽菸的高中生，自會來此避護，在這人煙稀少的地方放鬆警戒，圖個自由。

有次下雨天，我撐著傘在巷弄裡來回走動，將老房舍的磁磚圖樣一一拍照，想作為文創品的紋樣參考。許多房子的門窗早已不見，牆面像是有著許多洞口，可以自由出入，但屋內大部分的天花板皆已壞損掉落，阻擋了去路，使人頂多只能在入口處觀望內裡，無法再走得更進去。那陣子雨勢持續，屋瓦與牆面都泛著薄薄的青苔，有些像是前院的地方卻鋪著磁磚，或是長出一間與屋舍不相連的廁所，乃至突兀窄仄的二樓房間，格局怪異而有趣，像是座小型迷宮，自有其生命，容易將人網進去。

那樣的雨天已許久未有。

雨一直遲遲不下，終於迎來史上最熱的五月，乾燥的炎天，舊眷舍的牆面卻莫名地日日滲水。趁著技師來勘查牆面的裂痕時，主管與同事跟著技師，從二樓的陽台跨過欄杆踩在屋頂上去查看天溝，天溝延綿了三、四間房舍的長度，才裝三年多的天溝許多接縫處已歪曲掀起，有些底部已鏽蝕破洞，技師建議乾脆拆掉重做一條新的。這期間，我只是在一樓等待著他們現勘回來的成果，並不想跟著上去，我顯得很慵懶，對於工作總是提不起勁，只想用快速簡便的方式解決眼前的問題，過了就過了，什麼也不再去想，只要遵循主管的指示，避開麻煩的路徑，工作就變得輕易而簡單。人生不再像年輕時心靈所想像的那樣憂鬱、複雜而沉重，圍困之感消失了，世界的樣貌那麼真實，扁平而麻木，令人可以安全度日。

曾經在車站的店鋪看過一位拿著名牌包的亮麗婦人，邊講著手機，邊搶在眾人之前向店員問：「現在什麼東西最快？」就那樣順勢點了餐點，彷彿一切理所應然。許是被那樣的態勢震懾住，店員與排隊的人們竟也無人抗議。婦人付完錢後，便站在一旁等餐，並繼續講著手機，表現出一副非常忙碌的樣子，等拿到餐點後，便頭也不回地往閘口走去。那只是日常的一景，但不知為何，我卻時常想起那婦人，那樣地敢要，就像輾過其他東西也會表現得毫不在乎、神色絲毫不動的模樣，想必她的人生道路，是順暢無阻的吧，即使有所障礙，不管是什麼，只要輾過去就好，從不猶豫。

多麼簡便。我似是也輾過了許多，抵達了現在的位置，並且越來越少猶豫。

某個農曆春節前的冬日，乾燥無雲的午後，我與同事隨著主管越過鐵網，去到國防部所管轄的眷舍範圍，看看有無東西可拆撿回去。他們說不久後就要將這片舊房舍拆除，問我們要不要去看看，若有想留下的東西就拿走無所謂。廢置了十幾年，原本被丟棄了許多營建廢材的空間，竟然已清理得相當乾淨，可以直通到最後一間房，然而，多數房舍只剩下牆體與屋頂，其餘的門窗、鐵門，家中的物件早已所剩無幾。大多時候我們僅在屋外巡視，看到有尚未拆卸的、狀態不錯的門窗就記下來，改日再請雇工來拆回去。這裡的房舍格局非常怪異，每戶人家的庭院都偏大，相較之下室內的居住空間顯得狹窄不堪，院子並沒有什麼設施，像是花圃的殘跡亦僅有一小塊，其餘的就只是空地，或是高起的土堆，像是個小型的墓園或屠宰場。

勘查完後，主管說著這些拆回去的門窗以後可以作為展示的材料，或是請藝術家重新組合成藝術裝置品，我也贊同著，這些東西將脫離日常，抹去使用的痕跡與記憶，成為展演於眾人面前的物件，作為它被留存的價值與意義。我們不斷擦拭，將過往除去得一乾二淨，清空來到面前的所有阻擋，清除不了便踩踏過去，如此便是展示於人的社會樣貌與生活。

回程時，原本該出現夕陽的天空湧現了大片烏雲，主管和同事說著，看樣子等等就要下雨。回到辦公桌，腳邊與桌旁依舊堆滿文書資料，我鑽進座位打開電腦，才發現桌上放置許久的乾燥花，已被許多雜物不斷擠推到桌子邊緣，最終掉落，脆弱的花瓣於是粉碎開來，像是一攤黃褐色的髒物。我只是將花束撿起，與地上的花瓣悉數都掃進垃圾桶，然後繼續盯著電腦處理公事，心裡只是擔心今天沒有帶傘。

待下班回家，穿越巷口的人行道時，雨依然沒有落下。我暗暗自喜，感到幸運，快步地往家門移動。然而，身後仍是烏雲密布，久久不去。

航向宇宙

去年夏日，疫情升溫至三級警戒，藝文館所都必須關閉，不讓民眾進入，園區裡頭有如廢棄的圍城狀態，進出得通過監視鏡頭打招呼才能開門。走去上班的路上，人車明顯少去許多，路邊行人一律戴著口罩，是從未見過的街頭景象，鄉下地方本就人不多，疫情一影響，幾乎要變成空城，偶爾才會看到有車經過。

空曠的風景，讓我想起《蟲師》裡有種蟲只會在黃昏時分出現，被牠吞噬掉的人會失去身體，化身成影子的模樣，沒有時間沒有空間，從此消失在世界上。被吞噬的人的影子只能在傍晚出現，於人世間徘徊遊蕩，尋找交替的對象，必須等到也有人踩到它時，作為一種交換，才能取回身體，再次以人的模樣存活於世。晚霞染紅的無人街道，總令我聯想起踩影子的遊戲，吞噬，取代，寂寞地活著，大家是否都被影子抓走了？

這一關就將近兩個月，上班也開始採取分組輪流居家辦公的政策，人便更少了，每每獨自走在空蕩的園區裡，一方面感到新鮮自在，然而也會錯覺這是否已到了末日，世上僅餘我一人獨活，那樣的心慌之感。雖然上班地點的園區有圍牆可以方便管控人群的進出，然而我所管理的一大片舊眷舍卻並無任何阻隔，任誰都可輕易地進入到巷弄裡閒逛，我們只能將室內空間關閉，戶外其實無法管制。閉園兩天後，發現仍有民眾會來戶外的座椅或涼亭區坐著休息、看書，脫口罩吃點東西，那段時日，幾乎所有的戶外空間都不能久待，在外面工作的人想找個地方吃飯休息都不容易，因此那為數不多的座椅，或許是人們暫且可以放鬆的一個處所。

雖說如此，駐點人員通報後，我們仍火速就將戶外座椅與涼亭等地方拉起封鎖線，並張貼告示，因為防疫關係，禁止人們在此休憩，毫不遲疑地把他們的喘息空間給堵死。那陣子為了減少外出的風險，大家都會一起訂購午餐，每天的大事就是在想午餐要訂什麼，疫情影響，平時不做便當的餐廳也紛紛推出特製便當，一波疫情警戒下來，這附近的幾乎都吃遍。吃飯的風景也變得不同，午休時刻，原本大家都會坐在座位上或是去茶水間一起吃飯，現在則是拿了便當後就各自散開，在關閉的無人園區裡找尋自己喜歡的角落，不需要說話，一個人慢慢品嘗，有種獨自遠遊的況味。

我沒有全家一起出遊的印象。家中無車，一家五口通常很難一起出門，加上父母親鎮日為錢煩憂爭執，對於郊遊踏青這類事大概也興趣缺缺，出門的時刻只有晚上，在應當入睡的時間，偶爾父親會載著母親及孩子，有時是我，有時是姊姊，一起去吃宵夜。但也只是附近的小店而已，港邊的熱炒與豆花、鄰鎮的爌肉飯，或是街上的麵線，都是父親自己經常吃的，已算是歡快的家庭出遊的回憶了吧。

走在無人的展覽館室，燈未亮，許多畫作都還掛在牆面未卸下，總以為兩週過去就會重新開放，然而兩週到了，就再兩週、再兩週，一直這麼推延下去。每當此時，總覺得那樣的空間有種魔魅的異樣感，無人空蕩，永遠都是昏暗的，沒有任何聲音，待在裡頭好像是在遁入某種消逝，可以躲藏，讓人們遺忘，從此再也找不到我。

真奇怪，小的時候為何會害怕那麼多事情。兄姊長我幾歲，有自己的玩伴，出門不太會帶上我，而附近幾乎也沒有與我同齡的孩子，因此我時常待在家裡，不知道該去哪裡，黏著母親，渴望有說話的對象。兄姊唯一會帶我出門的時刻，就是他們獨自要上街買東西時，才肯帶我一起，那個年紀在同儕之間還帶著妹妹的話，可能是件丟臉的事，因此我們總是單獨出去，不與朋友成群結隊。

彼時鎮上有家租書與喫茶二合一的店，騎腳踏車十分鐘就可抵達，是姊姊非常喜愛去的地方。店面一樓是賣簡餐與茶飲的餐坊，黃色招牌，內裝走木質東方風格，看起來頗為高級，我們從來沒進去過，目標總是二樓的租書店，店內空間狹小，位子不多，是無法久待的環境，因此我們迅速挑完後，便抱著那堆租來的漫畫，又騎車回家。有次颱風前夕，姊姊仍不畏風雨，載著我又去租漫畫，我其實沒有那麼熱愛那些，大多時候只是想跟著姊姊才去的，在店裡時我大部分都是盯著書背發呆閒晃，等待姊姊選完要租的漫畫後一起回家。

回程路上，風逐漸變大，開始飄下細雨，姊姊臉上卻充滿開心的神情，將灰濛陰暗的天空拋諸身後，全力踩著踏板回家。當天不免挨了母親一頓罵，但姊姊並不在乎，颱風果然襲來，晚上停電，她拿著手電筒就這麼看了一夜的漫畫，長大後聊起此事，她總說那是人生裡最幸福的時刻，那些漫畫就是整個宇宙。

我不能明白，那是什麼樣的感受，只是不想自己一個人，不想被影子抓走，所以才跟著別人做各種事情，是那麼膽小又脆弱，不懂什麼宇宙。

那個年代尚未實施週休二日，小學的禮拜三與禮拜六讀半天，下午放假。有次讀半天，班上的某個同學突然問我：「下午要不要一起做教室壁報？」

我從未做過壁報，美勞成績也毫不出色，同學卻心血來潮找我一起做壁報，不免感到有些奇怪，但同學算是班上群體的核心人物，又頗有受寵驚訝之感，便答應了。

午飯過後，我騎著腳踏車前往學校，平時多是靠走路或家人接送上下學，難得騎上腳踏車，感到這樣或許能更接近同儕些。越靠近學校，少去人潮的校園只餘三兩人群，越有種前往宇宙航行的興奮之感。我直接將腳踏車騎進教室前的走廊上停妥，隱約覺得大家都是如此，我也跟著照做，享受特權的快感。

教室內已出現五、六人，皆是平時比較活躍、受矚目的人物，邀請我來的那位，一看到我即上前熱情地招呼，態度悠然自若，彷彿我本該存在於這裡似的，其餘不熟的幾位則無不訝異，約莫在心中暗暗思忖我怎麼會出現。核心的聚會以製作壁報的名義開始了，先是聊聊天，接著就大夥騎著車一同去買材料，也去附近的雜貨店買了許多零食與飲料，是那位邀我的同學出錢，說是要請大家吃的，大家也各自買了幾樣零嘴小食，只有我沒買。

回到教室，大家開始吃喝，接續聊天，毫無要做壁報的跡象。正當這麼想時，突然開始動起來了，大家分工慢條斯理地做一些小小的紙花，不久，班導師就出現了。似乎是導師交辦的，所以他來監工一下，然後同樣地，對於我的存在微微驚訝了一下，但很快，疑惑的眼神便消失，他開始跟那些學生愉快地聊天，偶爾稍稍譴責課業、分享家中近況，那樣熟絡親暱的姿態，由於過於陌生，令當時的我非常驚駭，甚至感到有些害怕起來。

空蕩的教室，只有愉悅的談天聲，其實沒人會把話題焦點放在我身上，但我還是非常不安。桌上散落著幾包螢光黃綠色澤的醃漬芒果青，是導師掏錢叫人又去買來的，放進嘴裡，彷彿吃進某種域外異物，吃了就合群了，被接納成宇宙的一分子。

那次散會時，教室後方的壁板上只多了幾朵紙花，工作就告一段落，邀約的那人仍很熱情地叮嚀我騎車回家要小心，便各自散去。時近黃昏，春日夕陽將天空染成橘紅，我騎著車，拚命追趕影子，想要交換成為某種東西，或許這樣就不用再航向過於浩瀚的宇宙。

附近的出租店隨著時代的汰換，紛紛關門大吉，那間喫茶店倒是持續營運了非常久，直至幾年前才宣布關閉，永久停業。一次偶然經過，看到尚未拆下的黃色招牌，總會想起姊姊的宇宙就這麼從世上消失了，可如今我們長大成人，好像也不再需要，也不應當需要。路一直沒有變，明明沿著以前相同的路線前進就好，然而我還是停下，拍了照片，打算告訴姊姊，整個宇宙的消滅與交替。

秋日

母親是在我上了大學後，才開始去外面工作。當時政府有所謂的擴大就業政策，徵召了一批清潔人員，沿著海線鐵路做除草、清整環境的工作，他們搭著站與站之間的火車移動，帶著清潔工具，在車上短暫休息納涼之後，到站了，就又下車，在烈日底下工作。印象中讀大學時，有次我還曾經到大甲車站找母親，等待她面試完後，一起到市場附近吃素食麵、去媽祖廟拜拜，漫無目的地在街區閒晃。

因為只有國小學歷，母親能從事的工作不多，大多是勞力活，當時她隔了二十年才重返社會工作，心裡或許有著許多的不安，因此找了我一同前去，吃吃逛逛，走走路，驅散些面對前景的徬徨。母親體弱，身形瘦白有些弱不禁風的樣子，原以為這粗重的工作應該無法做太久，沒想到擴大就業的工作結束後，她又到科技廠做清潔人員，一做十幾年，身體因為過度勞動而變形，大腿萎縮無力，已不太能走長遠的路了。

這中間有段曲折。擴大就業的工作頂多只能做兩年，算是短期就業的機會而已。我大學畢業後，有段重考的日子閒賦在家，母親在科技廠的工作也剛好告一段落，兩人在家無事可做，母親著實焦慮，不懂女兒書讀那麼高卻找不到工作有什麼用，相看兩厭，她便又開始找起有沒有擴大就業的工作可應徵，因為那大多是在戶外工作，雖然得忍受風吹日曬，但比起在科技大廠宛如迷宮的寬闊廠區不停地走路，時時刻刻被緊盯監督的高壓環境，母親還是比較喜歡在外頭吹風曝曬卻不那麼繁忙的日子。因此有日，她看到有份短期工作，是在港邊的防風林區域從事巡清，便提議一起去場勘一下，看看環境與範圍如何。

秋天已開始起風，看不見海卻能感受到海風的強勁吹襲，午後的天空有些陰鬱，騎車大約十分鐘就抵達港邊，但車道上無車無人，只有大卡車偶爾經過，以極快的速度向前駛去，瞬間消失在我們的視線裡，一路上又只剩下寂寥的西海岸風景。西部的海邊並不美麗，沙灘是永遠看起來髒髒的黑沙，海風鹹膩，總有股濕腥味，沿途除了貨櫃與工地外，再來就是大片的木麻黃林，天空也老是灰濛濛的，是非常荒蕪的景色。

我們沿著木麻黃朝北邊緩速騎去，許是海風吹的力道頗大，主要幹道的路邊其實看不太到什麼垃圾，倒是一些雜草抽長不少，被風吹得起伏如浪，更添蕭瑟之感。母親一路上沒說什麼，僅對那綿延的道路有些憂心：「這路這麼長，是要掃到何時呀？」

接著，她開始彎進一些小路，說那應該也是須清掃的範圍，得一起看看。那裡以前從未去過，小路僅容一個車身的窄度，且一條接著一條，錯綜複雜，有些路段兩旁的雜草長得比人還高，因而遮去了部分視野，一騎進去，彷彿入到一座迷宮，看不見遠方的前路，不由得有些害怕起來，擔心是否就此走不出去，我忍不住問母親：「知道路怎麼走嗎？」

「普普仔啦」，她笑了一下，覺得我大驚小怪，兩個這麼大的人，難不成還會在自己的家鄉迷路嗎？所以依舊維持著緩慢的車速，遇見新的岔路就騎進去看一看，全然不顧坐在後座的我憂慮著離熟悉的原路越來越遠，回不去該怎麼辦。

如今想來，那是母親唯一一次載著我，沒有要去哪，也沒有想去的地方，只是單純騎著車，到處晃蕩，聊作一趟兜風之旅。當我們終於從小路迷宮中回到主要幹道上時，原本陰沉的天空終於變乾淨了些，透出夕陽的柔和暉光，母親的心情顯然很好，回程的路上還買了些吃食與點心回家，家人甚至訝異我們是去了哪，怎麼難得買了如此豐盛的食物回家，但她也沒說什麼，只叫大家多吃一點。

忘了什麼原因，母親後來並沒有獲得那份港邊防風林的工作，而是又回到科技廠做清潔人員，直到六十歲因為身體過於勞累，而我已經有份穩定的收入來源，經濟重擔移轉至我身上，她才放心辭職，在家過起退休的生活。

一旦放鬆下來，不僅身體，生活上好像也經歷一場年久失修，長出許多裂縫，發生了大小不一的鬆動。先是外婆過世，接連著父親、爺爺也相繼離開，舅舅檢查出有癌症，須接受一系列的開刀與治療，外公年紀大了，自己一個人住在靠海的三層透天，由兩位身體也不好的舅舅輪流回去照顧，父子之間其實無話，每天煮食三餐已是最大的侍奉。

所以母親與同樣退休多年的大阿姨便時常準備些吃食，週末回外公家相聚談天。雖說偶爾會抱怨關於原生家庭的種種，那些海邊過於寂寥的風景、被強勁海風吹得震天價響的鐵捲門與鋁窗，乃至他們兄弟姊妹之間的日常置氣與口角，但母親還是會回去，看看老父，為沒什麼出息的弟弟迴向祈福，人至老年，周遭只有快速地凋零，總想著很快就會輪到自己，心中不免惶惑不安。

於是她跟著舅舅，開始對養植物產生濃厚的興趣，從小盆栽一直到樹木，家裡的前院幾乎被母親的種植所填滿。舅舅有固定去光顧的花市與園藝店，已算是熟客，母親總會託他幫忙買植物，說是會比較便宜。盆器則無奇不有，大部分母親會利用既有的東西來裝盆種植，例如水桶、保麗龍盒，比較大棵的松木，母親則去扛來多年前被棄置在後面空地的棗紅色浴缸，在裡頭鋪土、施肥，種了兩株下去，形成頗為雜亂的庭園造景。

但她顯然非常得意，時不時就跟我們匯報她的植物王國生長得多麼美麗，有可怕的害蟲出現，又增添了哪些生力軍，且越種越多。有時甚至會去接收一些別人不要的蘭花葉，自己在家裡裁切飲料罐當作盆器，將葉子一一分盆栽種，經常一弄就是半天，有如家庭手工業的勞動強度，但無論費去多少時間，那些別人不要的蘭葉始終種不活，一次兩次，全都死光，母親遂說她再也不要種了。卻又在某日的傍晚，從外頭帶了人家不要的植栽回家，「別人都特地拿來了，能說我不要嗎？」母親如此狡辯，又開始忙進忙出，想著這次一定能種活。

長年的勞動關係，母親的雙腳已不太能使力，蹲踞與爬坡等動作皆力不從心，我們總希望她不要再做一些會讓自己過於勞累的事情，但母親敏感而天真，也倔強如孩童，總有諸多藉口搪塞，說看著植物生長使人心情愉悅，不勞累，總不知節制。

有次舉辦員工旅遊，包了遊覽車到南投一日遊，可帶家屬參加，當時母親剛退休沒多久，時間自由，便和姑姑作伴，一起跟著我去。在車上時我獨自坐在前座，戴著耳機聽音樂，但還是不免聽到坐在後方的母親，一路上興奮地與人訴說我有多乖多善良、從小就不用她操心，如果沒生下我真不知道她的人生該怎麼辦之類的，誇飾又帶點戲劇性悲情的說詞。母親時常覺得在自己苦命的人生裡，我是她唯一可以拿出來說嘴炫耀的事情，但我不喜歡她這麼做，所以平日她都委屈憋著無處說，那日許是踏青的好心情，讓她毫無顧忌起來，像個孩子，盡情地說著自己想說的各種事情，全然不管周遭的氛圍如何。

那日主要的行程是山林裡的步道漫遊，母親腿不好，只稍微在較為平緩的林蔭道裡散散步後，便與姑姑在步道入口處坐著，等我們走完步道回來一起午飯。母親似乎心情大好，敞開胃口在吃，很快就把自己的素食套餐一掃而空，稱讚很好吃分量又多，真是很值得。結果回程的路上，由於山路繞行，加上母親午餐吃得又急又多，便暈車而將中午吃進的食物全都吐了出來，吐完後，她感到很不好意思，直至抵達終點時，都自己緊緊抱著那袋嘔吐物，不想讓別人看見。

一下車，母親便抱著那袋，頭也不回地往家的方向走去。我快步跟上，問她怎麼不把那袋嘔吐物就近拿到公共廁所去沖掉？她回說太麻煩了，反正家裡很近，乾脆拿回家再丟。就這樣，時近黃昏的馬路，秋風怡人，母親卻像是做錯了什麼事，緊抱著那袋證物，如同孩子般侷促不安，想趁著我的同事發現前，快步走回家好湮滅證據，我跟在後頭，看著她的背影，不由得微笑起來。好，我們回家。

大路

家的附近，走著走著，時常遇到只有一半的路。有的是在鄉間小道，突然長出小枝枒般短短一段，橫插在稻田或草叢間，收口會做成一圓弧形，如同多了個柏油廣場。一開始空曠無人，後來漸漸有些人散步至此處時，會走進這個收口空地，稍事休憩或是做做伸展運動，遂成為附近居民固定停留下來的地點。

有陣子，那裡被放置了一堆木料，且沒有用帆布遮蓋，日曬雨淋，變成黑朽的山堆樣，以那為背景舞台，小孩子便開始在那半截的馬路上玩樂。群體的遊戲通常不太有趣，但不參加又會寂寞，所以我總是坐在地上，看著有人爬上黑色的山堆，假裝自己是歌手於舞台演唱，底下的人須得舉起雙手左右搖擺，享受在歌曲之中才行，我跟著拍手、搖擺，不太知道自己在幹麼。又後來，偶爾有人會在那裡曬被子，或是蘿蔔乾、芥菜等各種食物，大一點的孩子們則拿著籃球或躲避球將馬路權充球場，但球有時會滾到主要幹道上，影響行車安全，遂被驅趕，不許再去那裡玩。

另一條路，寬闊而適中，週末的晚上固定會有夜市在路上開設。因為夠寬，攤位便擺在道路的兩旁，逛夜市的人可直接走在路中間，但常常需要閃避摩托車，有些危險，卻依舊不減逛夜市的興致。我們通常都在洗完澡後，向父母親領了零用錢，與鄰居結伴出門走路過去，夜市的長度挺剛好，從右手邊開始慢慢逛到盡頭處折返，再從另一邊逛回來，差不多一小時左右，若是中途停留去吃東西或是逗留遊戲攤位，則會費去將近兩小時的時間，到九點才會回到家。當時小孩子的吃食首選經常是鐵板牛排攤位，總覺得那就是去吃西餐，有種時髦的感覺，若不太餓，就會買個一隻十元的炸雞翅配木瓜牛奶，邊走邊吃，亦覺十分美味。

我對夜市的遊戲總是興趣缺缺，唯一感到有趣的是賣沙畫的攤位。五顏六色的沙盆一字排開，自成一顏料的宇宙，場面實在有些壯觀，買了圖板之後，要先思考圖案顏色的配置與深淺度，決定上色的順序，一個一個撕開，將想要的色砂仔細沾附上，整張完成後便心滿意足地捧回家去，小時候光是如此便覺得非常好玩。

幾年過去，那路的旁邊開闢了一塊空地，夜市便移了進去，不再擺在路上。馬路恢復原有的功能，只讓車子通行，便很少再經過那裡，倒是方向與其交叉垂直的南邊又開了條新路。新路更寬，在未正式通車前，那條大路成為附近的人散步運動的去處之一，偶爾早晨的時候，我和母親或姊姊也會去到那裡散步，但次數很少，我們還是習慣在學校的操場邊繞圈邊談著各種話題，等到走了五、六圈之後，母親便會說差不多了，接著打道回府。印象最深的一次，是夏日的晚間停電，家中過於燠熱，我們便拿著手電筒到那條大路上去散步，那次，父親也跟著去了，路上不少附近的人也都跑出來，有些人還帶著椅子，一群一群地坐在路上乘涼聊天。

忘記有沒有星星了，但晚風的確沁涼，我非常訝異，好奇大路上的風是從何處吹來，為何有著泉水般的冷冽之感。路是黑的，只有行人手電筒的光線湧動著，時明時暗，似乎沒有要照亮前路的意味。智慧型手機還沒有流行的年代，一旦停電，所有的娛樂都得停止，除了裝電池的收音機，再也沒有外界的聲音，所以我們幾乎是全家出動，到外面去喘口氣。三兩成群，彼此說話的聲音也顯得忽遠忽近，父親與母親開始聊起我們還小的一些事情，主要的回憶都跟當下的情境有關，例如颱風天停電的事情、晚間一起去吃的某間小店，甚至更久遠的，他與母親單獨約會去看煙火的記憶。

母親對這話題顯得毫無興致，不想多聊的樣子，婚姻生活的不睦與消磨，讓她不太願意提起那些親愛的時日與細節，覺得那是一種對現在的諷刺，只是在提醒自己年少無知的錯誤。父親不懂，仍沉浸在自我的連綿回憶中，有時甚至提議或許可再一起去其他地方遊玩，例如東部，風景好又有溫泉可泡，適合他們的年紀，渾然未覺母親其實早已不在那裡，被現實的負重日日磨損，怨懟又疲乏，她不可能也不想再回去了。

話題終究結束，我們從剛建好的陸橋折返，一路往回走去。乘涼的人群依舊圍坐，我們卻只能回家，繼續貌合神離地待在悶熱無光的舊屋裡，不知道要對彼此說些什麼。此後，便再無全家一起散步走路的記憶。

路一直往更遠的地方拓去，在我不知曉的時候，也時刻有新的路正在生成，我卻甚少再走上那些道路。

家人早晨的運動路線，變成往另一方向展開，沿著通往舊眷村的路，中途繞進藝術館裡做做伸展運動，再原路返回，或是乾脆沿著園區外圍跑個幾圈後便回來。全家曾經一起去散步的那條大路已開始通車，是大卡車、砂石車時常經過的路段，不再適於人們的散步與閒談，只能讓位予車輛疾行。

幾條新開的道路都是向西延伸而去，總疑惑那裡有了什麼未知的文明，如此吸引著大路與人潮的通達。哥哥的中古車尚未賣掉時，一次，母親便提議開車去西邊走走，吹吹海風也好。

哥哥雖有些懨懶，但也敵不過母親的央求，遂開著車載我們去兜風。一路上老車被海風吹得晃蕩，像在行舟渡河，有種危困之感，然而寬闊的道路風景還是奪去了我們大部分的注意力，嶄新的路牌指標與入口意象的建置，非常慎重其事的模樣，才驚覺原來兒時經常去的那片蕭索大海，如今已是知名的觀光景點，為此造路鋪橋，並且新蓋了遊客中心與濱海大道，海岸景色亦經過重新整頓，變成具有度假海島的休閒風情，不遠處甚至有海生館預定地正在動工，這裡儼然要成為歡迎眾人到來的遊樂場域，康莊大道得先開拓鋪設，朝著樂園而來。

我不免訝異，為幾年來的巨大變化感嘆不已，哥哥與母親卻說他們早已各自前來逛過，雖然有新路可走，但現在踏不到海水，只有海風鹹鹹與遊人，反倒比以前無趣。母親將車窗拉下，讓自小就吹慣的這陣海風流入，看看海浪，便說可以走了，這樣就夠了。

哥哥也沒說什麼，將車頭調往以前常走的護岸小路，想沿著過往的熟悉風景回家。許是少有人走，無人關心，小路就顯得坑疤顛簸許多，一旁的田地有的已廢棄不耕了，任其荒蕪，插著拋售的立牌，堤岸上也沒什麼人影，只有少數幾個手拿相機，可能是在拍攝候鳥。

小路延綿得比想像中的長，一路上無車無人，我們不禁錯覺是自己走錯了路，否則沿途的風景怎會比記憶中的更加破敗。正當猶豫是否該返回大路時，前方出現了一列送葬隊伍，拿著招魂幡，在海風的吹拂下搖搖晃晃，突然，他們轉向堤岸，沿著一條陡梯爬了上去，一個接著一個，在尚未攀爬完時，我們與他們交錯而過，並且不再回頭。

輯五：害怕黑暗

丟掉

火化前，師父要我們繞著父親的棺木而行。這是個固定要做的喪葬儀式，印象中，這幾年我已做過多次。

繞完之後，隊伍排成一列，準備推去火化爐。父親罹癌多年，早已交代靈堂設置在火葬場就好，家中窄仄，怎麼看也不像塞得下冰櫃跟供人祭拜的靈堂的樣子，於是乎，我們將父親送往了榮總附近的火葬場。慮及效率與遠途，我們將所有的必做儀式排在同一天，挑了吉日，一早就到火葬場報到。

排程是這樣的，先入殮、做做法事，然後封釘，繞棺，送去火化。之後再做做法事，等燒好了，便辦告別式，最後入塔，一日才算完結。這是個好日，不少人做法事，推去火化室的半路就塞車，我們只好等著，沒多久，有一行人從火化室出來，其中一人哭得悽慘，須由別人攙扶著出去，不知怎麼，我突然對那樣的傷心感到非常陌生。輪到我們時，孩子三人必須跪在父親的腳邊，額頭抵地叩拜三次，以謝親恩，並要喊叫著：火來了，爸爸快跑。這時，姊姊哭了出來，於是我掏了一包面紙給她。

直至火化前，父親的臉還是呈現紫紅色的狀態，想必是死前那一刻喘不過氣而漲紫的，但母親卻說是曬黑的緣故。他在廚房死去的時候，並無人知曉，據說是坐著死的。當我回到家時，他已仰躺在廚房的地上蓋著白布，因為太胖了，沒人搬得動他，只好就那樣讓他繼續躺著，旁邊仍散落著資源回收的東西與貓飼料，看起來有些淒涼。

等到告別式都辦完的時候，我才想起來，那日回到家我忘了從門口跪著爬進去，聽說應該要那樣做才對。

選舉將近，公祭時來了不少民代服務處的人，母親說這樣也好，父親本來就愛面子愛熱鬧。我的同事亦來了浩浩蕩蕩一行人，事後母親說，搞不好會被人在背後講，我們家怎麼都沒人在哭，真無情。然而我只是累，希望這一切趕快結束，回家睡覺。

哥哥說，父親的骨灰捧起來比奶奶的重很多，不愧是胖子。另有一組人也要進塔，跟我們用著同一張桌子，擺上骨灰罈、祭品、銀紙，正在祭拜，我們則在一旁等著，打算吉時一到就立刻拿著骨灰到父親即將長眠的櫃位裡，入新厝。這是喪事的最後一段了，母親不宜跟著，只有我們三個小孩跟姊夫，站在近山的納骨塔裡，日漸西沉，風卻還是暖的。我不禁有些悠然起來，像是兒時驅車郊遊，父親不在，或偶爾在，海風吹拂，我們抵達了某個地方，說說話，吃個東西，丟棄了一些不愉快的情緒或記憶，然後回返家屋，隱隱然感到日子似乎可以順順地過下去了。進塔完畢後，姊夫開著車，我們帶著父親的牌位，亦要驅車返家，我們丟棄了死亡，丟棄了父親，我們想順順地過下去，我們要丟掉。葬儀社的人又再次叮囑，過水過橋時記得要喊爸爸一聲。

幾年前，父親經過手術與化療後，檢查病情已控制住，療程算是告一段落了，帶著休閒度假的心情，我去到朋友的新家過夜。晚餐過後，哥哥突然來訊，表示想帶爸媽一起到外面的餐廳去吃個飯：我們全家都沒有一起去外面吃過飯，趁老爸現在身體還可以，選間餐廳，至少留個回憶。

於是隔日，我們訂了距離十幾分鐘車程的日式定食店。席間，其實也無甚話語可說，食物雖然好吃，然而鮮少到外面用餐的父母卻吃得十分焦慮，因為服務生頻收盤子的態度讓他們覺得是在趕人，在那樣嶄新亮晃的裝潢裡，只感到尷尬而無法自容，於是最後匆促地結束了那頓飯。那是唯一一次，我們長大後，全家一起到外面去吃飯，之後父親總說，他無法坐太久的車，怕自己會忍不了大小便，麻煩。

一日經過，發現那店的位置早已換了不同的吃食。平日中午，裡頭用餐的人不多，然而大家看來都頗為適意，愉悅地品嘗著美食，其實我也應當那樣，走進去，加入他們，成為明晃敞亮的一分子，人生自此不再有黑點與麻煩，只管順順地走下去。然而，我只是不斷地想起父親尚在時的一個夢，夢裡，我對著父親大喊：「你為什麼還不去死！」

你為什麼還不去死。過沒多久，父親真的死了，沒給我帶來任何麻煩地死了。日正當中，太陽曬得頭臉發癢，我盯著餐廳落地窗映照出來的自身臉孔，也只是想著，你為什麼還不去死。然後生活，日子平和，繼續順順地，順順地過下去。

整理

陽春三月，外婆對年做完的隔日，母親說要去整理其衣物。先是分別打了電話給大舅舅與小舅舅，大致說了她想怎麼處置，順勢徵得他們的同意，一副必須儘快將此事解決的態度。

人死了一年後，其衣物與房間布置，不能維持原樣，必須重新整理，才不會晦氣。於是很快，除母親自留幾件作為留念之外，其他悉數被她折疊打包，送去舊衣回收處，彷彿如此，死亡就不會繼續盤旋在這個家族的命運裡，從此春暖花開，連隙縫處都是陽光普照，再無暗影。

外婆過世時，家裡好像沒人哭。母親或許是有的，但她當時應當忙著各式能夠脫離苦痛輪迴的咒語及儀式，一心只願望外婆可以去到極樂世界，好不必再來人世，亦沒空哭。我倒是因為那場喪事，暫時得以從繁重的工作與會議脫身，幾次去到喪禮現場，腦袋空空，什麼也不想地坐在那裡，有種放鬆度假的錯覺，並且覺得這樣真好。反而開始期望這場海邊的喪禮可以延長一些，好讓我慢一點、再慢一點，一點點也好，延遲繼續回到辦公室，然後站在影印機前邊掃描邊崩潰痛哭的工作日常，那屬於我的生存價值位置。我的位置通常被堆疊的紙張、契約、報告書、資料夾給置滿，雜亂無章，坐於其中埋首辦公，常有種隨時會被這些資料掩埋吞沒的無力感，但即便如此，我還是不整理，工作一做完立刻關電腦回家，留下那堆山崩，毫無廉恥地日復一日。

不想整理，我總感到那是我存在樣態的地景，就是那樣，小小窄仄的一區辦公桌，桌上堆滿未被好好對待歸檔的各式資料，好像很忙，但其實毫無個性，汲汲營營，什麼都還沒想好，什麼都來不及整理，等到時間一到，就立刻放下一切，希望終有一日就此撒手不管。

有次藝術系學生展出的作品被另一場辦理活動的人移動而碰壞了，學生很生氣，將自己作品展出的場域比喻為家裡，說了：「如果你的家裡突然被人闖入，並且弄得一團亂，你會開心嗎？」這樣的話，令我非常驚訝。

雖然當下立即道歉，提了補償方案，但學生情緒並不好，久久未見平息，於是折騰許久、反覆致歉後才終於安撫下來。回到辦公室，主管談起訝異於我的反應，竟肯低聲下氣地道歉，本預想以我的執拗脾氣不免會有一場災難，結果卻是無風無雨，頗為平靜地落幕。

為什麼要生氣？只覺得若能解決事情，下跪也可以，我只想趕快回家。

那樣捍衛自己作品的激憤，我從未有過，甚至不能理解有什麼可生氣的，於是選了一條自認為最為簡便且效率的方式。道歉，承認錯誤，但一點都不想花力氣去知道那錯誤是如何傷害一個人，什麼都不需要知道。我所能做的就只是回到那堆滿資料的小小桌子，處理今天的公文、整理明天會議用的資料，然後再整理大後天的資料，不停地整理整理，看似人生有序，用盡所有力氣，其實只思考兩週以內的事情，其餘什麼也不想，目光窄仄、前路黯淡，於是只好懷疑有人遮去看向遠方的視線。腳踏實地活著，然後終於活成了一具名副其實的軀體，思考都嫌煩累，突然明晰能為了什麼而生氣憤怒，是多麼高端的事情。

外婆出殯那日，大好晴空。公祭僅寥寥幾人，來的皆是幾個勤跑紅白帖的民代，捻香散去後，靈堂又靜寂了下來，海風吹來已有熱度，越過庭院向西望去，可以清楚看到風車正在轉動的樣子。沒多久，時辰到了，我們跟隨著師父排成一送葬隊伍，嘴裡念的什麼也不知道，只是那樣雙手合十，在院子裡繞了幾次後，忽然間就有了一明確的方向，將我們牽引進裝有棺木的車裡，一台小車，幾個家屬，伴著外婆出發前往火葬場。

一路上盡是從小看熟的風景，遂有種家族旅遊的錯覺，車上無人說話，僅有母親念誦佛號的聲音，搖搖晃晃，吹著海風，似在行舟。明明是好日子，需要火葬的人卻不多，一下子，外婆就被推進火化爐，說是要好一陣子才會燒完，叫我們下午再來。

臨走前，母親囑咐將喪服脫下，整理整理，裝進袋中，不知交給誰去處置，總之，死亡能離開我們的身體及生活就好。看著漸漸遠離、被整理折疊入袋中的死亡，我忽然有了想狠狠發怒或是大哭一場的衝動，然而，已經錯過了。我只能又被載著，回到欲墜未墜的小小辦公桌，退回成一具軀體，繼續完美地整理資料。

回家

坐在客廳看電視時，偶爾，會有陌生人從門外經過。

通常都是以為這是一條捷徑，走進巷子裡，覺得應該會有出口，通往另一個地方，實際走到這裡後，已然是巷子的最後一戶人家，但路徑看起來似乎未被完全封死，於是會再往裡頭走進一點。往往都要走到巷底的那面牆時才發覺，真的沒路了。有些人會立即循原路回去，有些則愣在原地，突然不知道該怎麼辦。

那是一種錯覺，以為還有活路，但其實已經到底了，若不折返，只能受困其中。

除非陌生人自己開口詢問去處，否則我通常不予理會，任他們無功而返、自行來去。門前的院子與巷道相通，呈現一狹長型，若在白日鐵門開啟，乍一看的確像是與巷道相連，感覺走到底再向左或向右轉的話，可以通往別的什麼地方，然而，院子的北側擺放了數盆植栽，南面曬著衣物，怎麼看都是有種家居的私領域之感，走經別人家的院子，究竟是想通往哪裡去呢？但更多時候，巷子都是空無一人的狀態，只有偶爾傳來流浪貓狗的叫聲、郵差送信的摩托車聲，其餘，經常是一片死寂。

工作一陣子後，某次農曆年前，母親買了一盆金桔，說是要過年了，想擺在家門口討個吉利。剛買來時，樹枝上已經結了幾顆金黃圓潤的金桔，還有更多尚未變黃的小顆綠色果實聚滿枝頭，確實滿討喜的。但那滿樹的果子就只長了那麼一次，不知為何，之後再也沒有結果，再後來，它甚至開始慢慢枯萎而死，最後被母親連根刨起丟掉，那個花盆輪換著種植別的植物，卻都養不活，有陣子遂被棄置在一旁，徒然等待雨天，積滿雨水再被倒掉，此外，並無任何作用。有時總覺得那個盆器好像一個黑洞，所有的生命都會被消殞、陷落，任何東西進入到洞裡之後，就什麼都不成立。

姊姊自結婚後即從家裡搬出去與公婆同住，一個月大概回來一兩次，父親好像每次都很期待姊姊他們帶著兩個外孫回來，在家裡吵鬧吵鬧一番，才算像是有人住的房子，平常都太安靜了，尤其是在他罹癌的這幾年間，更無法忍受清寂。家中其實是時時刻刻都有人在的，因為父母兩人在六十歲前就都退休了，哥哥的工作亦不需要固定的上班時間，家裡經常有人在，但卻非常安靜。

父親被檢查出癌症後，經常在自己的房間裡嘆氣，但第一次治療成功後的那段時間，他顯得心情不錯，感到人生的路或許還長得很，偶爾誇誇其談，說著病好了之後還要出去工作，或是開個小店做生意賺錢，不然就是私下與母親抱怨我給他的零花太少、那誰誰誰的女兒都給他爸多少錢諸如此類的，跟往常一樣非常厚顏的言論。然而去年又被檢查出脊髓處有癌細胞轉移的現象後，便不再說要出去工作賺錢的事了，更常的是待在自己的房間裡，睡覺、醒來發呆，坐在床頭手裡拿著佛珠，一顆撥過一顆，彷彿要把日子撥到盡頭。傳來的嘆息聲不時地迴盪在客廳裡，但大家還是繼續做著自己的事，並不會有人去給他一聲安慰。

所以，父親有時獨自去醫院治療回來後，會偷偷向母親說著，醫院的護士都在問為何他都自己一個人去，家人呢？

家人呢？

有次友人生日，與她相約一起晚餐。席間，她傾訴著工作上的瑣碎繁重，以及與家人之間的衝突與為難，她與我的處境相似，我們都是戀家的人，從小到大讀書、工作皆未曾離家，擔負著家中的經濟重擔，責任感與強勢固執的性格，在家人之間的齟齬與隔閡中只是更顯艱困。我安慰著、同理著，但也明白，現在能做的，好像也只剩下妥協、再妥協，然後等待時間過去，期望突然有個奇蹟時刻發生，一切都會變好，雖然我自己從未有過那種時刻。

「妳有沒有想過，自己活到現在，究竟是為了什麼？」友人這樣問我，表示自己正處於此種疑惑之中。

「嗯……應該就是工作賺錢、寫寫東西，然後送走我爸媽之後，我的人生就沒事做了吧。」我答道，雖然是個無聊的答案。

剛開始工作的前兩年，在心情上仍會對人生各個面向的轉折抱持期待，一直想繼續這樣走著轉著，說不定人生會就此豐盛起來。但後來有陣子，下班後的某一天，走在回家的路上，天色半黑，溫度不冷不熱，我突然感到自己的命運，似乎常常在我覺得蹇困、快要喘不過氣時，又會抓著我的頭押進水裡要給我致命一擊。有好幾次，覺得溺進了殘酷的命運之中，但還是活到了現在。

所以，其實我已經轉了好幾次了嗎？從那快要溺死般的人生之中，轉了出來而已，從未有過感到救贖的時刻。沮喪極了。

繞進寥落的巷弄裡，到底就是家了。那只曾經有過金桔結實的花盆，如今變成每晚母親在庭院從事佛教儀式時插香的容器，轉生成了神的領域，但依然沒有生命體存在於那裡。進入屋內，家人各自在自己的空間裡做著自己的事，我邊看電視邊吃著桌上的晚飯，之後更衣、洗漱自身，接著也在房間裡做著自己的事。母親做完晚課、聽完講經後回到房間，吃下安眠的藥，坐在床上滑手機，偶爾會跟我說起日常的一些家居瑣事，我通常沒在聽，也不會回應，更不會主動說起工作上或其他的什麼事情，一勁地沉默到底，直至母親睡去為止，我才能全然感到放鬆。

隨著年歲增長，越感到在家中投出去的語言，更多時刻像是掉進了一處無岸的黑洞裡，意義失卻了路徑，無法正確抵達彼此所在的世界裡，那樣無意義的語言拋擲，在繁重的工作消磨之下我已全然棄置。每日回到家中，所能做的僅有整理自身，有限地從事維持家庭關係的一切必要行止，不再被理想中的家庭圖像所斲傷，不再期待，並且在這日復一日的恆常家屋裡，疲憊地試圖安放僵硬的自己。事到如今，只想沉默地活下去，在過於擁擠的安靜之中。

沙地

結束午茶回到家已是黃昏。

一進門，母親便對我說，父親又吵著要去急診，明明早上才去了附近小醫院打完點滴，現在又要去，那敘述口吻，彷彿他人不在現場般，滿是埋怨不耐。看得出來，母親才剛勞動完，正坐在電風扇前休息片刻，應是在除後面空地的雜草，父親則是一副剛洗完澡的模樣，並且坐在客廳我常坐的位子上，我進去後，兩人並無更多對話。

「我就覺得一直喘，心臟怪怪的。」父親這樣說了一句，但視線沒有看向任何人。

母親臉色不悅，抱怨著為何早不說晚不說，偏要等到她除完草累得半死、又到晚上了才說要去大醫院掛急診，那很耗費時間與精神，而且附近的計程車現在沒空來載。於是我便查了有跑海線的車行，幫父親叫車，給了錢，讓他自己去。

他說他要去醫院住一晚。母親沒等到車來，便兀自去浴室洗澡，不想多叮囑什麼。車來了，在巷口等著，父親起身，步伐笨重地出了家門，走往巷口的方向而去。我看著，總覺得父親得了癌症後，體重不減反增，肚子已是任何大尺碼衣物都遮擋不了的地步，真是怪事。

母親盥洗完畢，跟我說天氣熱，她煮了綠豆湯，要我自己去盛一碗來吃。母女倆就這麼吃著綠豆湯配餅乾權當作晚餐，看著韓劇跟綜藝節目，家裡氣氛頓時輕鬆不少。

「你爸他很希望有人關心他，上次還問我，你們兄妹兩人有沒有在問他現在身體狀況如何了。」母親邊吃蘇打餅邊說著。

「這個家沒有人希望他活著，除了他自己以外。」我拿著遙控器，漫無目標地一直切換頻道，我不知道母親有沒有聽到這句話。

我已經很久沒有看父親的臉了。不太記得他平時的表情，只是一直聽到嘔吐聲、突然的大叫，然後不斷地買吃的、抽菸，院子地上布滿菸蒂，這種片段的記憶，我甚至不太清楚這幾年他陸續所做的治療有哪些，我只是給他錢，打發他了事。時至今日，這是我唯一能做的，其他的再也沒有。

父親總說他快死了，抱怨我們對貓比對他好，說他想吃什麼伸手討要，然而也只能這樣，他一直不死，母親於是說，將來父親喪禮她是不會哭的。但多數日子，母親不那麼生氣時，還是會按照父親使喚的種種事務，一一幫他備妥，說是不想下輩子再與他有任何牽扯，所以現在能還的盡量還。每當此時，我總感到恐怖，我們家是這樣地在愛著一個人，拒絕溝通，期盼他死掉，想要用一個死亡來讓這個家變好。

從窗戶望去，後面空地的雜草已被除去三分之一，先前請了雇工來幫忙除草，母親嫌除得不仔細，得空又自己下去除了一些，這裡是沙地，向下挖去也只有石塊，未見土壤，只有雜草與鹿仔樹生養得好，其餘什麼都種不太活。前院尚未鋪設水泥時，亦是一片沙土，母親常憶，孩子還小時若沒錢買奶粉，跟父親說，父親總應知道了他去借錢，騎上摩托車塵土飛揚而去後，便幾日都不見人影，最後，還是得母親自己拉下臉去借錢。

「他年輕時從不管家裡如何，只顧自己，即使偶爾拿了一點家用回來，也會很快地全部再要回去，然後還不夠，再要更多。現在老了無處可去，得了癌症，仗著自己快死了更是不停地要。」母親常說著這幾句，手裡撥算佛珠，日子那麼長，卻只能被吸進空空的黑洞，期待著死亡。有家真好，無論如何，總找得到地方、總有那麼個人，可供自己索要，不管不管，因為我們是家人。

臨睡之際，父親又突然大叫一聲，雖然隔著一間房，我還是聽見了，這就是家。或許他期望有人聽到，起身步出房門、走向他，然後問聲還好嗎？然而，在他的嘔吐聲與嘆息聲之後，空氣又靜寂下來，沒有人走向他，於是他只好自己起身去倒水。

一室黑暗，我卻再也睡不著，躺著床上一直感覺地搖，幾次確認手機上的資訊，卻無地震的訊息，我只好起身去到客廳，坐臥發呆。從父親房裡已傳來鼾聲，一陣一陣，似乎尚未完全熟睡。我不由得想起有次姊姊說，國中的時候曾經半夜睡不著，便不知覺走到廚房看著菜刀發呆，心裡想，乾脆拿菜刀去殺了父親。但如今父親依舊存在，只是得了癌症，姊姊嫁了出去，離開家了，遠遠地，而我只能在這裡，夜半疑心地震，想像地底下的沙土正在流逝，不久，連同這座房子也要被吞陷進去。

預感

午休時間，與同事沿著街道散步消食。暖冬暖陽，一輛公車從旁駛去後，路上便安靜了下來，只餘陽光燦燦，不知為何，今日季風似乎不太猛烈，於是我們決定走去土地公廟。

這樣風平的日子很稀少，感覺應當要做點什麼，然而，我們能做的，也只是走去土地公廟，然後再繞回去辦公室繼續上班而已。沒有什麼是一定要做的，但我總覺得怪怪的，這麼安靜，可又真的終日無事，疑神疑鬼，最後也是只能回家。

一回到家剛坐定，母親便開始叨念家裡的外牆牆角處，被紅蟻挖出了一個洞：「你們也去看看，想想辦法看要怎麼處理？不然整間房子都要被牠們掏空了，到時候會垮掉。」怎麼處理？我怎麼會知道呢，關於這個家，我始終不知道要怎麼處理。依循著母親的指示，靠近牆角處的水泥地面，的確被鑿出了一個不規則破口，洞口處堆了小小的沙丘，陰霾的傍晚漸次起風，沙丘於是翻起了一層薄霧，好似縮小版的墓地，列隊的蟻群部分繞著洞口，部分進入洞裡又出來，將沙土繼續堆置成山。

怎麼辦呢？我拿出手機上網查詢一些解決方法，將那墳地切開挖開，然後用滾水燙死、用肥皂水淹死，說是有隻蟻后，務必使盡各種方式將牠除去才行，這個蟻穴才算完結。母親聽了微微皺眉，不太想要用這麼殘忍的手段奪取生命，但一時之間也想不到其他更好的法子，這件事就被暫且擱置，沒人再管，於是螞蟻繼續挖洞，一點一寸，慢慢掏空這間屋子。

這期間，父親正進行第三次的標靶治療，當然更沒有心力去理會這件事。母親一開始如以往有點怨，但後來聽見父親在這次治療過程中，每每於家裡不斷發出巨大的嘔吐聲，便感到心慌，蓋過了她習慣性地埋怨，也是，平時愛吃愛煮的父親連飯都懶得煮了，又怎會去在意區區螻蟻。

上班前的早餐時光，父親從自身房間晃了出來，與母親閒話自己前兩日在進行第二次人工血管的裝設手術時，是如何倒楣，明明只需一個小時的小手術，硬是花了三、四個小時才好，被切開左胸試了試說不行，於是又切了右邊，感覺自己像塊肉似的任人宰割，所以他就哭了起來說自己不治了，放給他死吧，然後醫生便勸解，還有孩子、孫子與父親在，怎能說不治？如此一大篇，在我吃畢吐司與咖啡後，也還沒完。我將杯匙洗盡，整理一下便出門上班，身後的父母在我離家後，對話便停止下來，不再多說。

夜半，總會從廁所及房間傳來嘔吐與嘆氣的聲音，帶著展演的性質。家裡未臨馬路，安靜異常，樹影搖搖晃晃，從窗戶探了進來，伸出枝枒漫進房間，父親坐於床中，好像陷在一雙黑色巨大的爪裡，父親於爪中嘔吐、抽菸、哭泣，偶爾於夢寐之間突然呼喚起奶奶，即使奶奶已經離世多年。父親看來應該非常害怕，害怕於噁心反胃之中漸漸失卻食欲，生命也因此跟隨時日緩緩流逝，然後死亡便要來了。母親似乎也害怕著，害怕父親的死亡降臨後，這個家便會跟著應聲倒下，以極快極大的聲勢倒塌崩裂。

但我只是一直聽到，有細細小小的、齒列在小口小口啃嚙著的聲音，我聽著，伴隨父親的嘔吐聲一塊聽著，然後煩惱是不是該感到害怕。

終於某日，母親找來了一位師傅，說是浴室的屋樑木頭早已腐朽不堪，怕撐不過今年的颱風季，要重新鋪設鐵皮，父親卻顯得不大高興，不知是氣沒與他商量，還是逢家有病事竟然還要整葺，未免太不體貼。但不管怎樣，屋頂是一定要拆了，換成醜醜的鐵皮，盼個能擋風遮雨便夠。浴室小小，師傅半日便已搭建完畢，餘下的水泥塗抹工事，由父親接續，母親權作幫手，忙進忙出。

下班回到家，果然浴室間已換上新的鐵皮，院子尚擺放了許多屋內搬出來的東西，母親正刷著浴室裡被水泥弄髒的地磚，還沒空收拾這些。就在幾張小椅之間，我看到了那被蟻群鑿裂的不規則洞口，已被抹上水泥，封了起來，其他鄰近的幾處小洞與一長裂縫處，亦被水泥封得死死，於是，蟻群不見了蹤跡。應是母親建議，剩下的水泥，拿來塗抹蟻穴洞口剛剛好。

幾日後，牆角邊新抹上水泥的不遠處，置了一小堆沙，沙上密布著點點蟻屍，被風微微吹著，有幾隻便滾到了較遠的地方，無人送葬。這個家因此，也可以再撐幾年不止。

害怕黑暗

某日，半夜醒來，發現一旁母親的床是空著的。

忽然感到床板在左右搖動，驚坐起，下意識地看向掛在曬衣鍊的空衣架，卻無晃動的跡象。不是地震。

滿室黑暗，我一個人坐在床上，感到這裡、窗外的黑夜有著什麼在踴動。

又來了。明明這裡或無論哪裡，根本沒有任何東西。

父親去世不久後，有天母親說起要將父親的房間整理打掃一下，她便搬過去那裡睡，不再與我同寢。接著連續幾日，她與哥哥合力整理打掃，將父親早已壞朽的床具拆解，搬至屋外，父親的一堆藥與營養品，打包成一大包塞在牆角，等待垃圾車載走。

緊接著哥哥的房間也開始進行大清整，把和室隔間的天花與木地板拆掉，重新油漆、鋪上磁磚，購置新床衣櫃，也裝了一扇新門，彷彿是嶄新的房間了。自此以後，戶口名簿剩下的三人，終於得以各自一房，再也不受侵擾，安穩的太平歲月來臨。

一開始睡得很好，不用再被母親的咳嗽與翻動聲擾醒，時常一覺到天亮，白日不會哈欠連連，上班都更有精神了。但自從某一天，我半夜醒來，聽見外頭有人走動的聲音後，奇怪的現象就開始了。

家裡並無嚴密的內外門戶之分，有許多的通道、入口可以進到家裡的院子，而後方的空地長了一片雜草構樹，看起來就像是廢墟荒地，於是有人在凌晨時，推著一個像是舊農具的機械，丟置在後面的空地，一台生鏽的推車也棄置在那。隔了幾日，半夜裡又聽到有人在後面走動的聲響，母親與哥哥追出去看，人已不見蹤影，應是要來拿回推車的，推車被放在家中前院，因此沒拿成功。

周遭皆是棄屋，間雜零星荒地，僅餘我們一戶，因而小小的入侵，都會引發莫名的恐慌。在家門口裝上感應燈，開著燈睡覺，覺得如此可以驅走意欲闖入的一切。

過了一個月，再也無事，哥哥的房間開始暗燈入睡，不再戰戰兢兢，偽裝成一個恆亮而無眠的空間。也許真的只是有人亂丟廢棄物而已，用來運送垃圾的推車看來也老舊生鏽，索性一併丟著，不想再拿回去了。於是又迎來靜寂無紋的生活。

這之後，我變得會在如此安靜的夜裡醒來，覺得地動，時常恐慌，彷彿有東西在屋外伺機，想要趁隙闖進，但其實什麼事也沒有發生。偶爾起來查看，穿過長窄的走廊，去到客廳，沒有人在。鼓起力氣望向黝暗的外邊，漆黑一片，看不出有什麼在那裡，再等一下，依舊沒有聲響，唯有風吹的聲音。這時，我通常會打開客廳的燈，開得敞亮，然後坐著等上好一陣子，貓會走來，以為吃飯的時間到了，在我腳邊試圖討食，我沒有心思，總是在等待著什麼，那個我感到要發生的事件。結果常常什麼也沒有，總呆坐直至天將亮時，才返回房間，試著重新進入睡眠。

沒有東西的暗裡，真是可怕。

母親不喜在夜晚出門，她總說害怕黑暗，連傍晚出門散步也不願，天黑了以後，只待在有燈的屋內，定要將屋裡所有的房間都打開燈，誰不開燈，就是與她作對。並且早早入睡，不想醒著面對黑暗，最好一覺醒來，就是明亮的白日。

我似乎也被母親傳染，開始恐懼天黑之後的世界。我盡量避免在晚上加班，辦活動的前夕，若有尚未處理好的事務，就拜託同事看顧，自己先逃回家中，不願深夜還得獨自穿越暗路回家，我變得軟弱起來，似乎時時等著有什麼事情發生。

不曉得，難道現在的生活竟變得使我眷戀，以致害怕恐懼無來由的變動與逝去？

姊姊體質敏感，說會看到東西，因此小的時候與之同寢，我總是睡在靠外的那側。然而，早早入睡的我，偶爾在半夜醒來，點著夜燈的房間，看起來陌生又巨大，彷彿與白晝是不同的地方。有時我會坐起，想藉此驅散一些恐懼，但更多時候，我總是被不斷膨脹、看似扭動而要朝我侵襲而來的不明黑暗給逼哭，哭著恐懼著，就這樣又睡去，或是無法自已，哭泣收拾不了，驚動了母親起來查看安撫。母親總說是因為父親總不在家的關係，把我養成了一個極度缺乏安全感的小孩。

不太能理解母親的意思，也不能明白自己。總是在哭，時常害怕，世界的一切都令我畏懼，我無能為力，只能放任自己不斷哭泣。父親在時，我會安然入睡，但更多時刻，我還是會哭到把全家人都吵起來，父親在時也一樣，沒有什麼效用。

我一直哭，哭到自己都厭煩，我到底在害怕什麼。

因此，遊戲總要在天黑之前結束。玩的遊戲有很多，大多在白天就可進行，唯有踩影子，要在黃昏近晚時才好玩。每當秋日吹起強勁的季風，柔和下來的夕陽光線將人影拉長，在前方空地，附近的孩子便開始玩起踩影子的遊戲。一開始跟著姊姊與哥哥玩，後來他們長大、不再與我遊戲後，鄰居的小孩陸續加入，每次總有四、五人成群，一人當鬼，追逐著大家的影子，被踩到影子的人，就是下一個鬼，鬼經由踩住人的影子，又轉生成人，跟著大家繼續遊戲。

這樣的影子與遊戲持續不了太久，很快就會天暗，落日完全消失後，空地漸漸無光，影子被黑暗吃進去，看不到了，孩子們便各自散去，躲進有光的室內，再也不去看那片黑暗之中有著什麼。我是那樣害怕著，恐懼而哭泣，沒完沒了，似乎永無止境。

當我開始懂得父親時常不在的各種細小理由，許多事物背面的意義，乃至對於所謂成人該有的樣貌究竟是什麼時，我也開始明白了恨，藉此抵抗父親未能符合該有樣貌的種種失落與失能。長得越大，那樣的不滿與恨就越多，終致具體起來，驅散了暗夜裡滿漲的恐懼與哭泣，我學到用另一種負面情緒抹拭原本的負向本能，覺得不再軟弱，具侵略性的黑暗可以吞噬一切，不會感到疼痛的人，不會害怕，我認為這樣即是長大。

恨向他人，我於是能夠凝視黑暗之處，感到那裡空無一物，無喜亦無悲，沒有任何的想像。

父親過世前半年，診斷出癌細胞轉移至背部，開始兩種標靶藥物的療程。罹癌的那五年間，父親多數時候都是自己一個人搭公車去醫院回診，幾乎未曾要求家人陪同，僅有一次，他在回程的公車上因忍不住便意，提早下車，拉在褲子上，又沒有手機，他就那樣走了一段路去到附近的便利商店，打電話回家求救。

生病之後，因為怕會忍不住大小便，父親總不願乘車去太遠的地方，覺得麻煩，也沒有必要，他給我們全家添了大半輩子的麻煩，臨至生命之末時，卻突然客氣起來，彷彿下定決心，不再麻煩別人。於是某天早上，父親仍因化療藥物的不適而在廁所嘔吐時，我看了一眼，依舊沒說什麼就去上班，到了下午即接到哥哥來電，說父親在廚房坐著斷氣了。

母親說這樣也好，沒給孩子們添麻煩就走了，父親是好命。這樣也好，因為父親不負責任的浪蕩個性，他們夫妻感情始終不好，所以父親走後，她也不至於因為生命失去重心而太過悲傷。這樣也好。

我也覺得這樣是好的，父親不在，對我們大家都好。夜晚復歸寧靜，不再有父親翻動與嘔吐的聲音，房裡的燈永遠暗著，似乎這才是我盼望的生活。然而，我卻開始在這樣的夜裡頻繁醒來，無法再度入眠，恐懼著屋外暗裡的一切，只好將燈打開，坐著等待天明。

白日裡我如常生活，上班、工作，放假時偶爾遊玩，堪稱幸福，感到日子的軌跡似乎就是如此恆常下去了。某次與男友見面，時至傍晚，他表現出不捨的神情，想再一起吃個晚餐，我卻幾乎要生起氣來，因為我只想趕快回家，天要黑了，滿腦子只想著要回家。他有些詫異與不解，但仍尊重我，我們原地解散，我獨自搭車回去，想在天色尚未全黑前到家。

但還是太慢了，公車上只剩我一人，在黑暗中下車。巷口的路燈亮起，已無其他人的影子佇立在那裡，遊戲結束，我只能踩著自己的影子疾行，穿過暗巷與大片的黑暗，非人亦非鬼，在幸福的軌道裡恐懼著，然後持續，日復一日。

九　歌　文　庫　1　3　9　9

濃霧特報

國家圖書館出版品預行編目（CIP）資料

濃霧特報 / 楊莉敏著 . -- 初版 .-- 臺北市 :
九歌出版社有限公司 , 2023.02
面 ; 14.8 × 21 公分 . -- (九歌文庫 ; 1399)
ISBN 978-986-450-530-2 (平裝)
863.55　　111021841

作　　者——楊莉敏
責任編輯——張晶惠
創 辦 人——蔡文甫
發 行 人——蔡澤玉
出　　版——九歌出版社有限公司
台北市 105 八德路 3 段 12 巷 57 弄 40 號
電話／02-25776564・傳真／02-25789205
郵政劃撥／0112295-1

九歌文學網　www.chiuko.com.tw

印　　刷——晨捷印製股份有限公司
法律顧問——龍躍天律師 ・ 蕭雄淋律師 ・ 董安丹律師
初　　版——2023 年 2 月
定　　價——300 元
書　　號——F1399
I S B N——978-986-450-530-2
9789864505319（PDF）

本書榮獲 財團法人 國家文化藝術基金會 National Culture and Arts Foundation NCAF 創作補助